Os componentes da banda

Adélia Prado

Os componentes da banda

EDITORA RECORD
RIO DE JANEIRO • SÃO PAULO

2006

Cip-Brasil. Catalogação-na-fonte
Sindicato Nacional dos Editores de Livros, RJ.

P915c   Prado, Adélia, 1935-
        Os componentes da banda / Adélia Prado. – Rio
        de Janeiro : Record, 2006.

        ISBN 85-01-07515-9

        1. Romance brasileiro. I. Título.

                              CDD 869.93
06-2042   CDU 821.134.3(81)-3

Copyright © 1984 by Adélia Prado

Projeto gráfico: Regina Ferraz
Concepção da capa: Adélia Prado

Todos os direitos reservados.
Proibida a reprodução, armazenamento ou transmissão de partes deste
livro, através de quaisquer meios, sem prévia autorização por escrito.

Direitos exclusivos desta edição reservados pela
EDITORA RECORD LTDA.
Rua Argentina 171 – Rio de Janeiro, RJ – 20921-380 – Tel.: 2585-2000

Impresso no Brasil

ISBN 85-01-07515-9

PEDIDOS PELO REEMBOLSO POSTAL
Caixa Postal 23.052
Rio de Janeiro, RJ – 20922-970

EDITORA AFILIADA

Mas minha alma tem de ser de Deus:
senão como é que ela podia ser minha?

João Guimarães Rosa,
em *Grande sertão: veredas*

Quem segura a parte também é músico.

Dan-Dan, tio de Violeta

Minhas duas avós se chamavam, uma, Vovó Ganduça, a outra, Vovó Assim. Eu sou alta e corpulenta como Vovó Ganduça e geniosa como Vovó Assim. Quando sapateava de birra, papai dizia: é minha mãe escrita, essa daí! Empacava, cavando a terra com o dedão grande do pé, soprando feito uma toura. Hoje sou pirracenta não, só sem paciência. Não tenho um pingo. E pra nada. Gente de lugar pequeno tem a moda de pedir água na porta: dona, me dá um gol'd'água? Desde menina acho isso muito caipira, 'dona, me dá um gol'd'água...'. No Rio de Janeiro e em São Paulo, aonde fui três vezes em cada uma, nunca vi ninguém pedir água na porta. Alguns pegam o copo cá embaixo e abrem a torneira, a água cai fazendo aquele barulhinho até encher. A pessoa vira pra parede, entorna o copo na goela, de uma vez só, me dá vergonha e raiva, me dá vexame. Aos meus meninos ensinei desde cedo a pegar água na talha, tombando o copo. Pedro fala: se eu não melhorar dessas nicas vou encurtar a minha vida. Pode ser. Gasto força demais à toa e é mesmo muito cansativo viver com todas as precisões e implicâncias próprias e alheias: mastigado, ronco, fala lingüeta, soluço que não pára. É difícil o dia em que por um motivo ou outro eu não deseje o

Juízo Final. A guerra do Irã me deu esperanças, mas os políticos do mundo inteiro amoleceram ela, tiraram a fibra dos guerreiros. Vovó Assim sabia resolver. Pois não serrou o bico da galinha comedeira de ovos? Ia serrando e dizendo: come mais, papuda, quero ver agora! Depois matou a galinha pra nós, porque não agüentava mais a dó de ver a infeliz pelejando pra comer com aquele bico aleijado. Vovó Assim, papai e eu que vamos purgar mais depois da morte. Papai matou uma gata parida, a porretada, dentro dum saco de aniagem. Quando tirou ela, os gatinhos se amontoaram, mamando na gata morta. Papai viu e se arrebentou de soluços, chorando como em morte de gente. Custou a esquecer, picado de remorso. E eu? Deixei sem merenda um coitadinho de um menino chato e buliçoso, me enchendo a paciência, amolando, fazendo gracinha, deixei ele sem guaraná e sanduíche. Distribuí pra todos e saltei ele, isso, no Dia da Criança. Era professora nova, tem quase trinta anos, me incomoda até hoje. Pior que não me curei, continuo às brutas, tendo sempre do que me arrepender. Vivo muito cansada. Outro dia fui chamada à atenção pelo meu chefe. Me incumbiu de entrevistar as supervisoras de ensino, saí-me pessimamente. Pegava o formulário e começava: que acha a senhora do desempenho didático-pedagógico do seu professor de moral e cívica? Ela vinha: é, é... bom, mas às vezes é... é, tem umas falhas... Nessas alturas eu já aflita completava: deixa a desejar, dona Augustina? Ela, rápido, aliviada como se a salvasse de um afogamento: é isto mesmo, exato, deixa bastante a desejar! Meu chefe disse: assim não dá. Você põe a palavra na boca do pessoal e o resultado vai ser o que você pensa do ensino e isto nós já sabemos. Quero a opinião das supervisoras. Ele tinha razão mas concordou comigo em que o pessoal do ensino se expressa com visível dificuldade. Talvez não sirva para o emprego. A única coisa que faço sem pressa, até hoje, é namorar. Namorar e sofrer. Nisto sou mestra e ninguém me passa. Eu mesma não entendo minha enormíssima paciência de ficar à toa, só pensando, pensando e sentindo. Produzo angústia e felicidade. Tenho o dom de combinar fragmentos de qualquer coisa para formar outras, que por sua vez formam outras e outras. Nesse trabalho gasto tempo com gosto. As horas passam e eu não vejo. Mamãe me achava preguiçosa. Eu entendo. Muitas vezes adormeci na tarefa de pensar e sentir confundida naquela felicidade que achava meio pecaminosa. Mas você, me disse o padre de vasta cultura, fica mesmo à toa? Fico. Sem fazer nada? É, fico pensando. Pensando? disse ele encantado, mas pensar é a mais nobre função do ser humano! Desde então, desobriguei-me para sempre da culpa de não fazer nada. Também, porque, rigorosamente entendido, eu sou trabalhadeira, só que muito esperta, como vovó. Almoço que muita mulher gasta duas horas pra fazer, eu faço em uma hora e sujando pouca vasilha. O resto do tempo eu aproveito. Mamãe até que entendia. Costumava dizer, me vendo bater as panelas na cozinha: é conhecido quem gosta de trabalhar! Ou então: quem gosta de ficar à toa trabalha cedo, não é, dona Violeta? De quem não me conhece bem sinto um pouco de vergonha. Meu chefe me surpreendeu imóvel, olhos fixos, e pensou satisfeito que me empenhava no relatório das supervisoras. Relatório eu faço no joelho e só gasto um minuto, estava mesmo é olhando uma imagem que se apresenta da seguinte forma: num recipiente rasinho e quadrado tem um punhado de grãos como grãos de arroz. Olho intensamente e aquilo se revela riquíssimo. Não posso explicar a infinitude de sensações que me provoca, a felicidade, a extrema felicidade que me dá. Quando Pedro me surpreende pergunta: o que é? Eu digo: tudo. Ele já sabe. Outro dia a fotografia de uma escultura me levou ao quadradinho de arroz e eu a entendi, eu que nada sei de esculturas. Meu chefe havia dito: tá que trabalha, hein? Ih! eu respondi. Coitada de Vovó Assim, teria vivido sem descobrir estes sítios, estas planícies que descobri pra descansar? Meu último remorso data de sábado passado, quando impedi minha filhinha Bibia de dormir no chão com minhas duas sobrinhas. Ia sobrar uma cama e eu disse: não senhora, você dorme na cama que já está arrumada e as duas aqui na sala. Elas queriam só aproveitar a delícia de ficarem juntas, a farra sensacional que é três meninas botarem o colchão no chão e ficarem rindo e conversando até o sono chegar. Eu impedi, eu, uma mulher tão velha, não deixei que aproveitassem o que para elas seria a caixinha de grãos, certamente a caixinha da felicidade.

Meu nome é o mesmo de Vovó Assim, que na verdade chamava-se Violeta Vigo Viante. Nunca entendi este nome. Papai chamava-se Armando Viante. Meu avô, pai dele, era André Simões. Meus tios, uns são Simões, outros Viante.

Meus filhos todos são fulano Viante Malta, que é o sobrenome do Pedro Elias. Pelo menos nós vamos tentar endireitar a linhagem. Os Simões Viante têm maxilares poderosos, gostam de comer e cantar. Já os Garcia, pelo lado de minha mãe, são hipocondríacos, vastamente silenciosos. Puxei exatamente à metade de cada um, um pouco mais, aliás, bastante mais aos Simões Viante. Pedro diz que sou esquisita mas que gosta de mim assim mesmo, socando o alho com força no pilãozinho. Papai era trabalhador braçal, mas foi também cozinheiro do trem-de-socorro, por isso sabia comer de faca. Mamãe não sabia, em compensação dizia coisas como: a família de sô Clécio chorava tão educado no enterro dele, não tinha um grito, uma palavra mais alta... Só uma vez vi mamãe olhando pra outro homem, quando reformávamos a casa. Seo Cláudio, trepado na escada, pintava o forro e acabava de devolver a ela o copo que pedira com água. Mamãe tinha o braço estendido, menos que levissimamente enamorada. Seo Cláudio era muito diferente de papai, que falava altíssimo, não levava desaforo pra casa e arrancou todos os belos dentes amarelos, quando um só deles começou a doer. Arranca tudo e põe uma justaposição, disse para o João Vames, dentista holandês de fama que apareceu em Cruzalva. Vovô Almano, pai de minha mãe, gostava bastante, como tio Dan-Dan, de rir à custa de papai que aprendeu com eles a ser católico praticante e mais fervoroso ficou que todos juntos. Não gosto da lembrança dele com o *Sigamos* na mão, falando alto e fervorosamente, quase soletrado: subamos ao altar de Deus... Me dói o coração. Vovô na sala escutou e disse: compadre Armando tem umas bobagens... Fiquei com raiva e mágoa de meu avô, querendo para o papai um lugar onde pudesse ler bem alto e emocionado aquelas palavras que eu também adorava mas sabia esconder de todos, para não sofrer. Mamãe sabia muito bem as brincadeiras que vovô e tio Dan-Dan faziam com ele, mas não protestava, não lhe tomava a defesa, porque mamãe era uma pessoa de sentimentos amarrados e achava pouco fino papai dizer alto o que sentia e pensava. Bem que vovô se aproveitou daquele jeito dele, quando não conseguiu ter mão no namoro de tia Juju e pediu a papai que tomasse conta da cunhada. Dele podia ser que Américo Tarzan tivesse medo. Só Odete, irmã mais velha de mamãe, tratava papai como eu queria. No dia do enterro dela ficamos na janela até o povo encobrir. O braço esquerdo dele me segurando pelo meio, o choro mais bonito de todos foi o de papai. Eu descansava, balançando as pernas sossegada, porque tinha certeza: ao menos naquele dia, ninguém ia criticar dele.

Morávamos todos juntos, o quarto de mamãe pegado no cômodo de venda, vovô ajudando a gente, tia Juju, operária da Cruzalvense, dando roupinhas e brinquedos. Meu corpo era igual ao de papai, meu espírito também, mas minha cabeça foi mamãe quem fez, vovô, tio Dan-Dan, as picuinhas de tia Juju: os padres já explicaram muito bem, não tem nada de benzedeira, garrafada, curador. Tem é o poder de Deus e a medicina! Medicina, tia Juju? *Naturalmentche!* Papai perturbava-se. Não queria agravar a Deus, mas também não podia negar o que vira com os próprios olhos, o ofendido de cobra escapar só com benzeção. Vovô dizia: c'oá! E mamãe, fazendo coro: só tenho medo de gente viva, assombração pode vir quantas quiser! Zombaram da história dele: um dia eu envinha da farra, a cavalo, tarde da noite. No meio do caminho avistei um lençol branquinho... O cavalo refugou e eu arrepiei todo. A lua, a lua tava muito alta, muito branca, muito bonita e eu pensei: é hoje! Foi indo, foi indo, eu rezando o credo e pelejando com o cavalo, deu uma brisazinha e revirou o lençol que não era lençol nada, era folha de cipó-prata tombada do avesso onde ele é muito branco e peludo!... História tão bonita como a da mulher que ele viu sentada, a cabeça apoiada na mesa, o vestido varrendo o chão. Papai enriqueceu muito a casa de vovô. Mas eram muito orgulhosos pra admitir a saúde e a alegria dele. Se vingava no truco, quando eram obrigados a aceitá-lo como parceiro, trucava sem nada, arriscava tudo num *vale-seis*, não ligava de perder. Muito aventureiro, avacalhava o jogo. Vovô quando perdia, apesar de roubar, ficava tão enfezado que ia pra cama com cólica. Eu me regozijava vendo papai rir escondido de vovô: compadre Almano fica botina de perder. Mamãe arriscava demonstrar uma alegriazinha, aprovando papai, e minha felicidade era completa. Para ele, jogo era pra ficar feliz, igual à vida. Se morássemos sozinhos, mamãe o teria amado melhor; como amou mesmo, na casa da linha que vovô fez pra nós. Imagino que no dia da mudança tenha falado: olha, compadre Almano, só Deus pode pagar o que o senhor fez por nós. Me queira perdoar se o ofendi em alguma coisa e tal e tal, e mais coisas fundas e bonitas que ele dizia diferente de todos. Eu não sei da conversa que tiveram quando nos mudamos, porque estava muito excitada carregando os badulaques para a casa nova. Mas é como se tivesse visto. Papai chorou, mamãe, vovô, até tio Dan-Dan. Era impossível não gostar de papai.

O menino da vizinha dos fundos, trepado no muro como ele vive, deve ter investigado bem o meu quintal, porque hoje me gritou: do-o-na, do-o-na, a mãe falou se a senhora quer vender umas panelas pra ela. Me desgostou muito a forma de pedir, o pedido em si. Com tanto vizinho, por que dona Alvina foi enxergar logo as minhas panelas? A distância entre a casa dela e a minha é a mesma entre a casa dela e a do Osmar Rico. É claro que percebeu minha fraqueza. Não posso esconder, está na minha cara a atração que exercem sobre mim. São como diamantes no cascalho. Pobres, eu os farejo, pressinto, me ofereço a eles como manjar. As panelas, se estavam no barracão é porque estavam mesmo sobrando. O que não me falta é panela. Por que então não fui capaz de pegar a melhor delas e dar para Alvina com o coração exultante de poder ajudar? De jeito nenhum. Primeiro disse ao menino, contrariada: as panelas não são de vender não. Fiquei com raiva dela falar em comprar, já sabendo que eu não ia vender. Logo me arrependi, chamei o menino de volta e peguei a melhor panela, mas não se pense que mandei a tampa junto. Achei-a boa demais, servia pra tampar o caldeirão onde gosto de cozinhar batatas. Dei a panela pura. Foi uma bondade boba, pela metade, sem nenhum valor. Não descansei enquanto não inventei um meio de visitar dona Alvina. Com um mês só na casa velha, toda escorada, que o dono do curtume deu para ela morar, já fez horta, jardim, os cacarecos são limpíssimos. A menina pequetita, paninho na cabeça, brinquinho de ouro na orelha desensebada. Fui com desculpa de comprar cebolinha e fiquei sabendo: ela faz faxina nas casas, o marido trabalha fora e só vem fim de semana, eles não são daqui não. Muito bem, pois saí sem ter coragem de dizer a ela a única coisa que meu coração pedia que dissesse: olha, dona Alvina, somos vizinhas e a senhora pode contar comigo no que precisar, estou à sua disposição. Isto falei toda emproada pra dona Leonor, pra dona Ester porque no fundo sabia: são destas vizinhas que pedindo um dente de alho pagam logo com uma réstia de cebolas, enfim, me serviriam quando eu precisasse sem me dar amolação. Dona Alvina é diferente, porque é precisada mesmo. Se me pedir cinqüenta cruzeiros vai demorar um ano pra pagar. Qual é o dinheiro que entra lá que seus quatro crioulinhos não consomem num átimo? E ela deve pensar assim: dona Violeta é rica, pode muito bem esperar. Posso mesmo. Por que então, meu Deus, não sei ajudar a Alvina? Empresto o dinheiro, passam nem duas semanas fico dizendo: ao menos satisfação eu merecia; não é por causa do dinheiro. E outras bobagens mais que todo mundo fala nessas situações. O fato é que estou chateada com a mudança deles pra cá. Antes era dona Teresinha que, bem ou mal, eu vivia acudindo. Passou mais de ano sem morador na casa, um verdadeiro descanso. Agora envém dona Alvina que, sem saber, é um ferrão na mão de Deus. Não chupo mais uma bala sem pagar um dízimo de tristeza. Claro que está tudo errado, qualquer sacristão bobo sabe disso, menos eu que não atino com a forma de gozar dos frutos da terra, criados por Deus para todos comerem em perfeita alegria, eu inclusive. Demoraram um dia só para descobrir minha mangueira de cinqüenta metros: do-o-na, a mãe falou se pode emprestar a mangueira pra nós aguar a horta. Este batido durou um mês. Pedro até botou um trapo no muro pra não esfolar a borracha. Depois foi ficando chato. Queria lavar o carro, aguar nossa horta mais cedo, a mangueira com dona Alvina. Bibia falava: mãe, que povo folgado, vai ser descansado assim! Acho a senhora e o pai muito bobos. Não podia aplaudir a menina, mas por seguro matutamos: a voz das crianças é a voz de Deus. De noite Pedro bateu na casa da Alvina pra bispar a situação. Se pudesse, falou o marido, mandava ligar a água, mas onde vou arranjar dinheiro? Pedro foi na Companhia, pagou a taxa, acabou a questão da mangueira. Nem assim sosseguei: será que foi correto? Não teria sido mais edificante emprestar a mangueira com paciência até eles arranjarem modo de pagar a taxa? Vejo o marido da Alvina passar aos sábados com umas mexericas que ele arranjou pra vender e penso: nem pra dar uma satisfação, um sinal. Pedro nem se lembra mais. É diferente de mim, nunca dá meia panela. Por isso a alegria dele é inteira.

Acabo de perder o emprego de que tanto gostava. Estou outra vez devolvida à sala de aula, um desconforto muito grande. Não desaparece de mim a sensação de impropriedade da minha atuação. Estou sempre coberta de uma poeira de giz e ridículo. Na sala dos maiores dei três excelentes aulas, tão boas que a menina escreveu no quadro: viva a ótima professora dona Violeta, professora nota 10! Ó meu deus, é muito cansativo. Com os menores tenho feito joguinhos, brincadeiras, quando queria direto entrar no assunto. Me esforço para aprender a lidar com estudantes de onze anos. Por que será caí de novo no inferno desta coisa chamada escola? Uma gritaria e os meninos se amontoam nas janelas: pega, pega! É a radiopatrulha que a supervisora da noite mandou chamar pra espantar uns pobres moleques gritando do lado de fora da cerca. Enchi eles de matéria, não agüento mais de *intipatia* daquele bicha da 8ª B, é o corriqueiro da conversa da Leodita. A merenda é paga. Quando me dei conta, devia ter mais de mês que a menina se postava no mesmo lugar, puro osso e olhos na baciinha de alumínio onde os privilegiados tomavam a sopa. Em plena aula a cantineira abre a porta, sem bater: ponho o que pra senhora hoje? Tem empada e biscoito frito. Sinto tanta vergonha que não tenho coragem de escolher. Põe qualquer coisa, falo bem depressa, pros meninos se esquecerem de que eu posso escolher entre empada e biscoito frito. Da reunião de professores o que sobrou para nós foi um texto com *Os dez mandamentos do professor, o que devemos fazer para manter entre nós um ambiente de harmonia.* Dona Cenira 'leu' a reunião sem arriscar uma só frase fora do papel. Salústia olhou no relógio o tempo todo. Corália vendeu jóias para Lucrécia. A uma intervenção minha, dona Cenira disse contrariada: acho interessante, mas não posso fugir da pauta, e voltou os olhos para o papel. Antevejo amarguras. Joaquim quer saber se concordo com o professor de religião: o homem não veio do macaco e felicidade é só no céu. Luto tanto antes de responder, procurando um jeito de não machucar ninguém, que o menino diz: puxa, é a primeira coisa que dona Violeta não sabe! É proibido fumar. Todo mundo fuma. O que se ouve é inacreditável: como que eu posso fazer alguma coisa neste ambiente horrível? Os meninos não têm educação, as famílias não ajudam, são carentes demais! As professoras falam e têm as unhas grandes e polidas, os cabelos pintados de acaju, grande parte faz *pedagugia*, tem *poblemas de coluna* e não vê a hora de arranjar coisa melhor. O bedel passa perto de uma rodinha de meninos fumando, faz que não vê, porque são muitos e valentes; descobre um coitadinho fumando escondido, traz pelas orelhas e sapeca-lhe, à frente de todos, três dias de suspensão 'para servir de exemplo'. A direção tem este serviçal como seu braço direito. O caos organizado, não é assim a loucura?

Dona Violeta, a senhora está esquecendo o apagador! Eh! Vai esquecer a bolsa também? Não estou velha não. Tenho saúde e disposição pra dar e vender a essas gatinhas recém-formadas: não dou um minuto a mais do meu tempo para o Estado, que para elas é Delegacia de Ensino, direção da escola, secretarias. Lixam as unhas dentro da sala de aula as professorinhas. Eu não estou doida não. A delegada me pergunta com a delicadeza que lhe confere seu poderzinho feroz: você tem escrúpulos de se valer de políticos? À saída um menininho foi chegando, chegando, passou a mão ao comprido pelo meu braço: dona Violeta, a senhora não vai embora não, vai? Ó Deus, socorre-me, quero ajudar este menino, mas nesta escola não.

A menina da Alvina está na porta querendo cinco ovos 'porque a mãe precisa pra fritar pra vó que chegou lá em casa'. "Sairá uma vara do tronco de Jessé e brotará uma flor de sua raiz." De repente você pode oferecer cinco ovos com a mais plena generosidade e recitar, sem quê nem pra quê, a graça sacramental destas palavras: "Sairá uma vara do tronco de Jessé e brotará uma flor de sua raiz." Deus não troça de nós.

Hoje marquei consulta no cardiologista. Dormi mal, sonhando que estava tendo um enfarte. Nada está bom. Até agora nem uma gota de mel. Chorei muito mas não me engano. Um pouco é linfa, água não vazada de minhas regras, que ultimamente custam a se resolver e uma composição empacada. Não é boa, não é de todo má, uma jangada, como dizia minha mãe de coisas mal-ajambradas. Estarei em começos de menopausa? O teólogo me disse: confie inabalavelmente. Eu confio, mas quero ficar na cabine do comandante, inquirindo sobre o painel de controle, como os meninos na idade dos porquês: por que sabão? por que chuva? por que farinha no feijão? Entro no banheiro, do qual se serviu um dos meus, e o cheiro me desgosta, me desorganiza. Minhas fezes, que abomino, continuam a meus olhos melhores que as dos outros, pela única razão de que são minhas? Minhas fezes, opróbrio. Tal pensamento empesta meu cristianismo, me torna má e desagradável como a diretora que pariu estas regras depois da greve: de hoje em diante, o café será servido na sala de aula. A sala dos professores dá ocasião de discussão política e nossa escola não tem nada a ver com política. De hoje em diante — com seu cabelo grudado e mal lavado, com suas orelhas que há muito tempo não desenseba — vou mostrar a vocês quem pode mais. Começo a investigar se os meninos estão gastando muito sabão. Vou, eu mesmo, com um curso completo de sociologia, ex-seminarista, participante do último congresso brasileiro para o progresso da ciência, cortar sabão de coco e pôr nas pias para o meu pessoal lavar as mãos. Substituo o sabonete para ver se agüento a despesa desenfreada da minha casa. Digo desenfreada à toa, não é verdade. Minha mulher, coitada, desmancha sabão em pedra, enche latinhas com a pasta, pra lidar na cozinha, economiza, marca na folhinha o dia em que começou a gastar o óleo, ela, de cintura breve e pés comoventes. Não é raiva o que sinto, é muito pior, é ausência de humor. Estou assim estragado só porque entrei no banheiro etc. etc. Meu drama é uma merda de drama, igual e diferente ao drama de João Grilo. Obrigado pelo rei a adivinhar do que estava cheio o tonel, desesperado por ter entrado no concurso contra os conselhos de sua mãe, a forca pendendo sobre sua cabeça, queixou-se: bem minha mãe me avisou que minha adivinhação ia dar em merda! Oh! disse o rei estupefacto, ganhaste o prêmio! o tonel é merda pura! — Sem intestinos a vida seria outra. Estou a pique de chorar. Estou chorando. Não me importo com sexo, não acho nada errado com ele. Só estimo que seja privado — por que esta palavra aqui? Ó Senhor, misericórdia, o terminal digestivo?! O homossexualismo, só e apenas por esta única razão me deixa sem ar, por sua inacreditável topografia. Quem sou eu para não me afligir? O chamado maior humorista do país vive se desenhando entronizado num vaso. Eu sei do que ele padece, nunca me enganou. Quanto mais verrumoso e sem misericórdia é, mais eu o castigo imaginando-o sentado lá, o pensador. E dizer que na China se cultiva arroz com excrementos humanos... Tudo isso me aguilhoa, me distancia dos meus como de estranhos. Sei de casos, coleciono-os admirado de que ninguém se espante como eu: Juninho encheu o peniquinho de bosta e derramou na cabeça do Renatinho, o pai deu um torra no menino, só pra cumprir obrigação, no fundo achou muita graça. Nico quando era rapaz entupiu de bosta todas as fechaduras do quarteirão... dona Floripes, depois de velha, lambuza-se na sua própria merda. Sua vida é exigir comida. Reclamo para mim o privilégio de ser quem mais se maravilha com a Encarnação do Filho de Deus! É próximo da loucura. Jesus, *Yehoshú-á*, quer dizer Deus salva. O que seria de mim sem o Homem-Deus? Estou em limites dos quais transbordo perigosamente. Minha mulher me entende daquele jeito sinuoso dela. Chega pra mim alegrinha: você está com a corda toda, hein, Natinho? Tou fazendo umas limpezas... Limpeza boa, hein? E acerta. Estou limpando eu mesmo. Ela sabe que lhe darei uma noite inesquecível. O que mais invejo são as pessoas naturais com sua própria carcaça. Eu sou sobrenatural, sou sobre-mim. O que experimento é horrível. É como se eu fosse um botânico de oceânica erudição e me postasse atrás de um capinador de roça, interessado apenas em limpar sua eira e o perseguisse insistindo com um raminho na mão: olha esta folhinha aqui, esta nervura, este pedunculozinho, que coisa, né? Como é possível?! Né? Né? Não acha? Uma chateação. Minha mulher me entende, minha mulher é gente fina. Pára com o serviço, me escuta, dá opinião: olha, é mesmo, que pensamento mais engraçado, Jonathan. Jonathan, eu me chamo Jonathan, ou melhor, gostaria de me chamar, porque eu não sou homem, eu me chamo Violante. Um nome formidável, um fenômeno de nome na minha família cheia de Lurdinhas, Ções, Maria Rosa e Maria pura. Sou capaz de matar meu marido, como fez a Dulcemar com o pobre do Sanches, e abandonar meus filhos. Não é nem um pouco teórico o meu conhecimento das más paixões, ainda que estremeça de amor toda vez que vejo o Saulo comendo sozinho na cozinha. Saulo é meu marido e nunca existirá pessoa semelhante. Só uma vez, uma vez não, duas, em toda nossa vida, me disse: estou a pique de não agüentar você mais. Ele sabe quando fico doida varrida e sabe também que, fora a maldade intrínseca do meu coração, todos os assassinatos que cometi até hoje foram comprovadamente em estado de insanidade momentânea devido à tensão prémenstrual, visão súbita da condição anal do ser humano, raiva despropositada de pessoas como a Cesarina que diz a propósito de tudo: pra mim, tanto faz. Sou levada a me considerar melhor que a Cesarina, por ter coragem de matar. Saulo está me chamando. Oh! que coisa eu disse, não é Saulo, é Pedro quem me chama, e de Violeta, não Violante. Vou demorar um pouco e apreciar desta fresta ele comer sozinho, só pra me enternecer.

O menino da Alvina quer saber se vendo a bicicleta velha. É lógico que descobriu ela do mesmo modo que descobriu as panelas. A bicicleta é da Bibia e não vale mais nada. Vendo por cinqüenta cruzeiros, só pra dar respeito. Diz que sábado que vem me paga. Quando Bibia souber vai se amuar um pouco. Na verdade devia tê-la consultado, esqueci-me completamente. Comprei um estojinho de lona onde ponho caneta, lápis apontado, borracha e uma gilete embrulhada em papel duro, porque torei nela a ponta do dedo. Fico feliz, a toda hora que preciso, sei onde achar um lápis, uma borracha. Organizou-se muito a minha vida. Lá em casa era um inferno, tesoura, pente, caderneta do armazém, a gente só achava depois de revirar tudo, rezar o responsório de Santo Antônio e meu pai perder a paciência. Todo mundo procurando, parecia filme de pateta, abrindo gaveta, investindo uns contra os outros, até o alívio final: o pente na gaveta de roupas, a tesoura na caixa de ferramentas e a caderneta, papai mesmo lembrando que tinha ficado no armazém, pro Baita somar. Ficava tão desgraçada naquelas horas.

Mas era muito excitante procurar:
"Saiba quem busca milagres
que aos enfermos sara Antônio..."
eu pus esse diacho aqui

"Saúde e coisas perdidas
são aos mancebos e aos velhos..."
vai ver que perdeu na rua
"...por ele restituídas..."
Fico pensando como era possível sumir tudo naquele cochichó de casa, onde os trastes se contavam nos dedos de uma mão só. Alberto meu irmão era especialista no responsório. Rezava com tal fervor, tanta fama ganhou em recitar ele que Celinha, quando adoeceu pra morrer, assim que ameaçava a falta de ar, ordenava: o Manito, chama ele, quero o Manito pra rezar pra mim. Um dia chamei ele na escola. E Celinha sofria menos e respirava melhor porque Manito rezava diferente de todos. Rezávamos muito em nossa casa. Vovô dizia em permanente ditado: quem reza se salva e quem não reza se perde. Pra dormir, pra comer, pra bem viver e morrer, rezávamos. Fosse que hora fosse, se a tempestade desabasse, vovô trepava na sapata do fogão. Na cozinha escura, vejo ele com o cobertor nas costas, terço na mão e lamparina, entoando o *Bendito*, fantasmagórico, a sombra dele na parede, acuado entre estalos e relâmpagos. Nem parecia o mesmo que em tempo bom se ria do fervor de papai. Achava bom ver meu avô com medo. Mamãe punha palha benta no fogo: "*Magnificat, anima mea Dominum...*" "*Rogai por nós, bem-aventurado Antônio...*" Passava a aflição de Celinha, a tempestade acalmava-se... Coisas dormidas no fundo do coração afloram violentamente e sinto o mesmo desterro, a mesma pobreza, o mesmo antigo medo, uma compaixão por meus parentes, como se não fosse um deles.

Papai brincava a respeito da raça de minha mãe: não têm onde cair mortos, mas não perdem a pose. A calça tá remendada mas o topete tá teso. E tinha mesmo razão. Topei ontem com o Oswando Garcia, no mercadinho: ô Violêta cômo vâi, diz ele levantando só um pouquinho os olhos das bananas que escolhe uma por uma, perguntando pela saúde de todos. Está tudo pela hora da morte, mariassantíssima, diz pra arrematar e sair cerimonioso, porque é com cuidadosa cerimônia que Oswando faz tudo na vida, principalmente falar. Ajunta os lábios e deixa passar as palavras em apertado buraquinho, muito a gosto e a contragosto, como se fossem caramelos. Todos lá conversam empostados, mas os piores são ele e tia Lilita. Até vovô, apesar de tia Lilita ser irmã dele, achava estes parentes muito metidos. Angélica, que era a melhor de lá, a mais simples, morreu cedo, de tuberculose. Felícia foi pro convento, ela e madre Almas quase se mataram. Felícia é tão chata, até tia Lilita achou bom quando ela foi pro convento. Perderam tudo com as doidices do Aníbal, matando eles de vergonha, farreando com mulheres, andando sujo e barbado. Mas são renitentes, não engolem os esses, não baixam a crista, não falam alto. Um pouco é deles que mamãe tirou aquela admiração por fala baixa, choro educado e pessoas que dizem você. Eu os percebia diferentes de nós e gostava deles, do aristocrático jardim de tia Lilita, com lírios e esporinhas, dos sequilhos e de cumprimentos como: você está tâum crêscida, ô Violêta! Dos irmãos de vovô, só tia Lilita era assim diferente, os outros eram meio avacalhados, como nós. Achava melhor do nosso jeito, principalmente depois que tia Juju foi em Belo Horizonte aviar receita de óculos: esses parentes nossos só têm fumaça. Imagine, a primeira vez que hospedo com a Oswaldina e ela teve a coragem de me servir café velho. Todos deram razão à tia Juju, porque a economia é a base da porcaria, papai falou, e viver sem gosto é melhor não viver. Alguns deles ficaram ricos, mas uns ricos tão apertadinhos que servem só de piada para tio Dan-Dan, um artista pra imitar eles todos.

Hoje eu matava o Pedro. Me fez raivas enormes. Porque o cartão que nos permite consultar pela empresa estava quebrado nas dobras, com os números semi-apagados, ele dizia que éramos sem cuidado, que em nossa casa nada agüenta inteiro, que aquilo era feito na sede em Belo Horizonte, que ia demorar demais a fazer outro e mais isso e mais aquilo. Eu disse: põe o cartão na máquina e aviva os números, Pedro. Ele falou: não posso mexer nisso não, vem da sede. Era inacreditável! Naquele lixozinho de papel não se podia mexer? Mostrava tanto amuo e tais cuidados com o miserável cartão, ó meu deus, que raiva eu tive. Aquele não era um estrago que justificasse o xingamento de Pedro, era estrago de uso. Comecei a ficar infeliz e provoquei uma discussão: imobilista, insultei, boa cria de sua raça você é. Remoí o ódio: capazes de guardar por trinta anos um espólio de loja, sem mexer, sem gastar, sem tirar a poeira, só vocês mesmo, olha a Mariazélia, pergunte a ela por que não corta o cabelo, não põe uma saia justa, ela é incapaz de responder, dizer por quê, responde inham,

inham, inham, não oferece resistência, não manda a gente calar a boca e não corta o cabelo. Passa um ano ela aparece na moda, mas aí já é tarde, é daquela moda que roda. Tenho uma bola no estômago, tentada a me deixar atrair por pecadores que vão me ferrar, me humilhar, me colocar, enfim, no meu próprio lugar que procuro e não sei qual é. Pedro me deixa debater no vazio, não me leva a sério quando digo: um dos meus maiores desejos é fazer deste quintal um lindo jardim, um canteiro ali, uma árvore lá, um banco de pedra. Quando estou bem, esqueço, vou cuidar de outras coisas. Mas à primeira raiva desenterro o jardim que não existe, a parreira de chuchu que, se ele tivesse armado do meu jeito, estaria dando chuchu pro mundo inteiro, e uma prateleira especial que desejo na coberta, pra organizar coisas como o frasco de óleo de máquina, a bomba de bicicleta, o meu desejo de ordem, na fragmentação sem fim que é a minha vida e me produz cansaço e raiva, raiva e cansaço. Vamos todos morrer, é verdade, nem por isso nosso desejo esmorece: quero um vestido, uma jóia, um canteiro de flores, quero Pedro à minha imagem e semelhança, quero chorar até o esgotamento, porque me lembro de pecados antigos, meu menino comendo no colo da empregada e eu comendo na mesa, desimpedida. Desejo a máquina do tempo para que não haja o havido e eu recomece misericordiosamente. Dina quebrou o braço, devia tê-la ajudado, dia por dia. Não o fiz. Ela sarou e veio à minha casa, com couves, bananas verdes e a mesma bondade que não me recrimina. Por que as pessoas não me recriminam? Dina está velha, Dina é como minha mãe.

Pedro vai chegar daqui a pouco. Não tenho vontade de ir para a mesa com ele, mas de quebrar o relógio que esqueceu no banheiro, a árvore que plantou no lugar mais errado. Quisera hoje não ter marido, nem filhos, nem empregada, principalmente empregada. Quando for trabalhar encontrarei Cora deprimida, porque está doente. Conversar com Ismália seria bom demais. Não vou, hoje não mereço. Me ocorre que Joana queria fazer comigo o que quero fazer com Pedro. Tenho horror de mim.

Amanhã é Finados. As pessoas vão ao cemitério porque sentem saudade do seu próprio enterro. Por isso é alegre visitar o campo-santo. Sentir saudades nunca é só melancólico, é sempre meio bom. Eu gosto, lembra o fim do mundo, acontecimento que aguardo com impaciência. O melancólico de Finados eu prezo. Madrinha Lilita já morreu faz tempo, mas, se for das primeiras a chegar, juro como já encontro Felícia. Estará de mangas compridas, meias e a braçada de lírios 'aproveitando a fresca para enfeitar a sepultura de mamãe, assim as flores agüentam mais...'. Eu fazia treze anos naquele dia e mamãe havia me mandado ao armazém do Baita: pode ser que sua madrinha apareça, traz duzentos e cinqüenta gramas de manteiga e uma marmelada. Eu ia felicíssima pela rua de cima, que era quase um trilho, e me encontrei com Madalena carregando flores maravilhosas. São pra você, me disse. Eu fiquei desnorteada, nunca vira ninguém receber flores, a não ser os mortos. Por quê? Não é seu aniversário? É, mas eu vou no armazém. Madalena teve pena de mim: pode ir que eu acabo de chegar na sua casa e levo as flores pra você. Quem presentearia com flores a não ser aqueles requintados parentes de mamãe? Estava igualmente decepcionada e promovida. Sentia ser verdadeiro o amor de madrinha Lilita por mim, a simpatia de Madalena. Era novo e chique ganhar flores, mas não sabia o que fazer com elas naquele minuto difícil da minha vida. Preferiria ter ganhado outro presente, um reloginho, um anelzinho numa caixinha. Esforço-me pra reproduzir aquele dia. Madalena trazia flores e uma sombrinha? Estava de saia e blusa? Eu estava descalça, tenho certeza. Bibia tem hoje a mesma idade minha naquele dia e sabe exatamente o que dizer às pessoas no caso de ganhar flores. Eu era ignorantíssima.

Acabei de decidir: vou ao cinema, de pura alegria, para agradecer a Deus o milagre de minha filha ter ido e voltado sã e salva de um passeio ao Tira-Chapéu. Desde o meio-dia, hora possível em que saíram de lá, fiquei neste tormento: um carro parava na porta, o telefone tocava, era a má notícia. Fiz jaculatórias seguidas pra exorcizar o medo, renovar minha confiança. Pedro fica muito agoniado de me ver assim trêmula, assustadiça. Invejo minhas irmãs que têm os filhos pequenos na barra da saia e podem ver televisão à noite, já com todos na cama. Pode ser que me cure um dia. Tudo, em pensamento, já me aconteceu. Tenho diarréias súbitas, tal é meu pavor. Nunca vivi sem medos. À medida que envelheço vejo-os apenas substituídos. Posso fazer assim a crônica dos meus horrores: cobra, eletricidade, viagens, morte. Agora, o inominável pavor de que meus filhos tenham morte violenta. Por isso, talvez, goste de cemitérios, porque lá já se morreu, não se corre mais riscos. É como se eu não tivesse pele, minhas vísceras palpitam expostas. Odeio telefone, é impudente, toca à meia-noite para maus avisos. Ismália me diz: quero tanto morrer, quero tanto morrer, desejo a morte, que paixão eu sinto quando você não me entende. Como posso entender Ismália? Ela diz quero morrer, mas não tem tristeza, Ismália será uma santa? Prepara as coisas para o filho acampar, sem nenhum peso no coração, e preza tanto seu relógio de ouro. Eu não entendo Ismália: 'eu sei que não verei esta árvore dar seu primeiro fruto', fico destroçada de pânico. Ismália ri. Ri-se de mim que vivo implorando a saia de minha mãe, o sovaco de Pedro, pra me esconder da morte. Tem tido pressentimentos turvos e ainda assim me diz: Violeta, você é tão boba, claro que vamos fazer tachadas de goiabada desta goiabeira. Queria ficar bem bonita pra ir num restaurante jantar — jantar, Violeta, jantar não é comer, não, ouviu? —, um homem elegante, discreto, ligeiramente esnobe, me acompanhando, ai deus, me deixa pecar... E se ri de novo da minha perturbação. Ismália quer morrer, quer jantar, quer pecar e eu acho que Ismália é santa porque sofre sem perder a alegria e confia em Deus como os passarinhos e tem arrumadas suas gavetas e suas idéias. Ela não tem medo de nenhuma palavra, eu tenho. Ela as diz todas, algumas só falo pra Deus. Ismália dorme pouco porque já dormi tudo, ela diz, já dormi, já vivi e tenho de ficar esperando o resto da família, ô agonia ter de viver até o fim. Violeta, nunca sentiu isto não, Violeta? Eu já estou lá na frente. Canseira, este pessoal que tenho de carregar, todo mundo ainda marcando passo, uns até com o passo errado. Eu não entendo tudo em Ismália. Minha tentação sempre é a de dar ordem unida, apressar o ritmo das pessoas. Ismália espera como o cardeal de São Paulo, tem *paciência histórica*. De Cora, Ismália e eu, só eu serviria para bobo do rei; acreditando em mim como os bobos em si, eu duvido pouco. Acredito que a quina da mesa não vai me bater, acredito que se ficar solta no mar sou capaz de boiar até chegar socorro, acredito que Jonathan pode aparecer a qualquer momento, ficar calado e intenso, me sufocar de alegria como antigamente.

Descobri e contei a Pedro: o corpo é humilde, o corpo é muito humilde. Ainda escrevo uma tese que parecerá marota: de como são bons e agradáveis os gases e odores do corpo e de como todos nos deleitamos com eles sem ousar confessá-lo. Ora, o que é o corpo? Necessitarei ainda de quantas paixões para amansar meu orgulho e me deixar ver de frente, de costas, de quatro, comendo, descomendo, sem turvar meus olhos? Para isto caminho. Alguém me ensinará. Uma paixão, uma grande paixão me tomará de tal forma que tanto se me dará ser... Ismália é capaz de falar a palavra que oculto. Eu ainda não posso. Sonhei com uma grande vertente que devíamos atravessar, pescava na sua margem com miolo de pão. Logo, um puxão forte e um grande peixe. Uma delícia este sonho: a tensão na linha, puxar o peixe pra fora. Peixe me acompanha. Peixe! Olha que nome! Peixe, peixes, os peixes. O peixe simboliza Jesus, *Yehoshú-á*. Os cristãos o desenhavam no chão como senha. Peixe é paixão. *Pisces*, rio piscoso, baú de jóias, porão. Você lança o anzol e uma coisa viva morde, a linha estremece, o puxão passa para o seu braço, um antegozo, você faz força e luta, você conquista o animal violento e inocente. Hoje está uma tarde formidável. Não tomei banho e meu cheiro não é mau. O cheiro de Amiel vindo da roça, suado, parando o jipe pra conversar comigo, Melânia enojando-se, 'este pessoal não toma banho nunca?'. Você parece cabra, dizia ela tentando pôr em ridículo meu desejo por Amiel.

Eu tenho um motivo muito simples pra não querer morrer: um dia mamãe disse depois do almoço: vamos passear na casa de comadre Leontina. Comadre Leontina morava no começo da estrada que ia para o Meio-Dia, um sulco profundo de carros de boi e muitas árvores ladeando. Ela pôs os panos-de-menino-pequeno numa sacola de chitão estampado com roxíssimas uvas. Minhas lembranças daquele dia terminam aqui, nesta ametista em ouro, engaste maravilhoso. Muito mais tarde moramos no apêndice do sobradinho de comadre Leontina, o quintal maior que um quarteirão, plantado de quiabos e abóboras. Chorei muito na noite da mudança, nos desgarrávamos da casa de vovó, era escuro demais, sentia-me abandonada. Compadre Joãozinho veio com uma lamparina, tentando me consolar com um abacaxi na mão. Papai, azafamado, acomodava os trens e mamãe fazia o quê, meu deus? Alberto era muito pequeno. Depois foi bom. O quintal era um reino, as flores de abóbora, ótimas, batidas com ovo, o feijão vermelhinho. Papai me punha no carrinho com Alberto e pegava a estrada do Meio-Dia. Mamãe vinha atrás. Era bom catar lenha no mato de seo Deolindo, que um dia surpreendeu papai: com ordem de quem vocês estão catando lenha no meu mato? Falou mais pra não perder o respeito, era muito amigo de meu avô, o Deolindo. Papai respondeu de pronto: com ordem minha mesmo, seo Deolindo, mas, se for o caso, deixo a lenha toda aqui. Não é o caso, ele disse, pode levar a que apanhou mas espero não fique por costume. A verdade é que papai nunca mais voltou no mato de seo Deolindo, ficou muito envergonhado. Acho impossível estes acontecimentos não estarem registrados em lugar mais perene que a minha memória. Houve dias de claridade tão deslumbrante que não posso perdê-los, a menos que uma parte de mim se perca, a melhor delas. Cora sabe do que falo. Estamos nós duas tomando café na padaria e sem propósito começamos a rir. Tudo fica esquisito: nós duas, o café, a padaria, os mosquitos. É leve e repousante. De repente, nada é importante, o ar muda, transubstancia-se. Você vê o balconista ajoelhado, pelejando pra encalcar o sapato no seu pé e não é mais preciso, você pode ir ao casamento descalça, de vestido velho, ou nua. Fica tudo fundamental, você descansa e sorri pro moço da loja, se dispõe a esperar o fim do mundo com renovada alegria. Diz-se que dentro do mar se formam túneis, buracos onde não se afoga porque estão cheios de ar. É assim do que falo, espaços preservados contra a dor de cabeça e o azedume. Delicadezas divinas, a sacola estampada de mamãe, Iolete dizendo: vamos? No ginásio em construção, Severa, tia Juju, Joaninha, Alzira e eu no meio delas pra garantir a vovô que era um inocente passeio. Meu vestido rasgara-se, Iolete buscou, às escondidas, agulha e linha. Tia Juju dizia: dizem que até desmaia, de tão bom! Severa esticou sua língua e pediu: encosta a sua na minha. Faltava o ar. Por quê? Se era tão delicioso como olhar as uvas na sacola de mamãe?

Ontem fez vinte e oito anos da morte de Lísias, meu primeiro marido, de quem fugi pra casa de meu pai, disposta a levar uma vida de freira. Estava tão arrependida do meu casamento, tão roubada, tão infeliz que respondi a Lísias perguntando perplexo: e o menino? Eu dou pra sua mãe criar. Fiquei dois meses sem ver a cara dele. Peguei o trem com a roupa do corpo, sem dinheiro, sem nada. Fiquei vestindo roupa da Beta minha irmã, todos muito constrangidos, certamente papai e Dina pelejando por fora, com cartas, orações, e o que mais servisse pra consertar minha vida com Lísias. Beta desdobrava-se: logo vou trazer aqui a Paula. O irmão dela, artista, vem junto, é gente de cidade grande diferente de nós. Por amor de Deus, não faz cara de espanto não, tá? Eles beijam, penduram no ombro da gente, dizem coisas, não são caipiras do Tira-Chapéu não, viu? Eu estava pouco ligando, mortificada, pensando em Lísias com remorsos: o jeito dele chegando em casa com um franguinho na mão, a cara cheia de expectativa e eu virando uma demônia de ódio. Queria só fazer um ovo frito, acabar logo com aquela chateação, a casa desarrumada, tudo por fazer. Que bom devia estar na casa do papai àquela hora, Pulchra, Beta, Nelinha, comendo na cozinha, depois indo pra cisterna velha, tomar sol e conversar. Papai falando assim: preciso consultar, é só comer, minha fome acaba. E ali naquela cidade chata e metida eu e Lísias sozinhos, numa casa mal repartida, pertinho do depósito de lixo, legiões e legiões de mosquitos. Me arremessei contra a parede, uivei e em pé no meio da cozinha fiz, um por um, cair de minha mão toda a dúzia de pratos que escolhera com tanto carinho, por causa da orla alaranjada com pássaros e miosótis. Soltei o franguinho de Lísias e me enfiei debaixo das colchas outra vez. Ele só achou pra comer o que tinha sobrado da véspera. Escutei ele varrendo os cacos e botando a comida horrível no prato. Depois pegou a bicicleta e só voltou de noite. Me entupi de café com pão e voltei pra cama, pro meu inferno. Minhas irmãs não deviam casar-se, era tão ruim. Tanto pó, tanta panela suja. Casamento não dava tempo de vadiar do meu jeito. Quando fiz o frango, no dia seguinte, já melhor e arrependida, Lísias não comeu, não por desforra ou vingança, disse assim: você teve razão no que disse ontem, a gente não precisa mesmo comer carne todo dia, ainda mais agora, na Quaresma. E ficou os trinta dias que restavam sem botar carne na boca, sereno, delicado, amigo, me amando. Quanto melhor era Lísias, pior me sentia, mais desejo tinha de acabar com ele, culpado da minha infelicidade, que consistia em quê, exatamente? Quem era eu naquele tempo, tão parecida e tão diferente de mim agora? Quando, por inabilidade, quebrei o copo do liquidificador, logo na primeira semana do casamento, achei que Lísias ia me bater como mamãe fazia, ou me advertir raivoso, como papai. Me esqueci de que era a dona da casa. Embrulhei os cacos no jornal e, como não havia um lugar no quintal que ficasse a salvo, pus em cima do guarda-roupa. Lísias riu quando achou o embrulho, com carinho me explicou o funcionamento da máquina: com ele andando, minha flor, você não toque colher lá dentro. Que perigo! Machucar essa mãozinha! Aquilo era novo! Podia quebrar coisas, eu era dona, rainha daqueles trastes todos, fogão a gás, geladeira, radinho de cabeceira e abajur! E não ficava feliz, queria voltar pra minha casa, pro meu quartinho, onde dormia junto com Pulchra, que sempre me urinava, tomar sol na cisterna velha. Estava junto com Lísias, querendo recuperar o tempo que vivia sem ele, pensando nele, querendo casar com ele, mais real que naquela hora chegando da rua com embrulho de pão e tomates, fechando a casa pra irmos ao cinema. Eu olhava Lísias e não via ele. Eu dormia com ele e permanecia solteira e virgem, queria namorar. Quebrei o radinho com a colher de amassar feijão, Lísias se assustou demais. Ainda assim não ralhou. Quebrei seu binóculo, achava muito antipático, seu relógio, eu que tremia se, em minha casa, quebrasse um pires que fosse. Lísias entristeceu-se. Chegou a dizer: quem sabe erramos? Vivia entre claros-escuros de fúria, mortal tristeza, inaudito esforço pra recompor as coisas, endireitar meu casamento, virar boa esposa, boa dona-de-casa. As pessoas notavam? Certamente. Não o meu problema com Lísias, porque era uma artista pra esconder, mas a minha preguiça. Guardei de cor a cara da Nenete, mulher do tenente Sales, admirando-se: você quem limpou tudo isto? Tinha lavado a cozinha até o teto, o alumínio secava no sol. Nos parabéns de Nenete havia uma censura: por que não faz isto mais vezes, sua porca? O elogio de Nenete me humilhava. Lísias também me elogiou, mas diferente dela, Lísias me amava e qualquer progresso era para ele a esperança de ter uma mulher muito boa. Lísias morreu tão cedo! Papai dizia que tive muita sorte no casamento, primeiro Lísias, depois Pedro, devia agradecer a Deus sem parar. É esquisito, falo de um como se fosse o outro, às vezes não os distingo, meus dois maridos. Pedro adotou Rafael, inteiramente. Ele é filho da minha alma, diz. O meu começo com Pedro foi igual ao meu começo com Lísias. Casava-me outra vez, pela primeira vez, mas Pedro teve o que Lísias não teve, tempo pra me amansar, me pôr apaixonada como eu queria. Lísias não tocou na minha alma, Pedro sim, e o que sofremos juntos me põe a cada dia mais simples e respeitosa, até avencas já cultivo com jeito. Mas naquele dia estava muito infeliz, quando Beta me preveniu da visita da Paula e do irmão. Ele ficou um segundo com a mão na maçaneta, eu me surpreendi olhando-o, parecendo já há um tempo enorme. Quando pegou na minha mão, tive medo de desfalecer, minhas pernas perderam a força, me deu enjôo, vertigem, o que mais forte já senti diante de alguém. Não me beijou, só falou oi. Olhei em volta pra ver se alguém percebia meu descontrole, tonta, afogueada, uma vontade tão alucinante de cair por cima dele que resolvi mudar de lugar, me expor menos. Tive de atravessar a sala sungando a saia de Beta rodando na minha cintura. Ela também faz música, Pulchra falou com ele que me olhou e ser olhada era mais doce que todas as doçuras que experimentava com Lísias. Tive raiva de Pulchra tagarelando: compõe e desenha. Só disse assim: então você desenha, Violeta? Não esquecera meu nome! A cabeça me mandava sair correndo, mas o resto de mim queria ficar por toda a eternidade. Trouxeram um violão, café, o paraíso prolongou-se até as oito da noite. Desde as cinco levitava. Meu cabelo estava tão feio, penteado de um jeito tão desconsolado que Beta, uma hora, não se agüentou: Violeta, por que não vai pelo menos soltar este cabelo? Ele escutou, prestava atenção em mim o tempo todo? Pegou no meu pulso: nada disso, está ótimo, vem pra cá. Beta estava muito nervosa, eu, em estado de pré-coma, tal a felicidade. Pulchra tocava, fazia uma zoeira muito grande na sala. Quando se foram, Beta veio catar na minha cara os sinais do que eu fizera: você, hein, Violeta? Uma sonsa. Eu sei bem o que você fez. Chorei de raiva, de remorso, de aflição. Beta me xingando, papai xingando Beta, Pulchra atendendo Lísias no telefone, falando ríspida e fria com ele, pra me agradar; mentindo que eu não estava em casa e não dava mostras de querer voltar; Beta suspirava por Ramon, por isso não me perdoava. Mais oito dias fiquei naquela doçura de inferno, papai me dando fortificantes e eu só beliscando na comida, ou repetindo três vezes o prato cheio, por causa de Ramon. Pulchra falou, sem a malícia de Beta: o homem se apaixonou por você, Violeta. Vê lá, eu disse sem trair-me. Apaixonou sim, a Paula disse, mas avisou pra ele que você é muito católica e nunquinhas que vai largar o marido por conta dele, mas ele não quer saber. Eh, Violeta, todo mundo doido com o homem e você pesca ele na moleza. Pulchra estava muito orgulhosa, era muito criança. Não sei dizer exatamente como a inocência de Pulchra me fez tomar ali mesmo a decisão de voltar pra Lísias. Desenhei muito naqueles dias e sempre peixes, peixes ruivos, como se de dentro deles saísse uma luz. Peixes, peixes. A sofreguidão da conversa de Pulchra não me saía do ouvido: a Paula disse que no bar ele subiu na cadeira e ficou gritando: Violeta, Violeta, ah, minha paixão! Não fosse padre Longuinhos não teria suportado a morte de Lísias com aquele segredo no coração: com que então você desenha peixes? Como é mesmo o nome dele? Eu dizia Ramon. Como? Ramon. Como é mesmo? Ramon, Ramon eu falava e o padre Longuinhos gargalhava. Me sentia ridícula e má. Rafael crescendo na minha barriga, Lísias trabalhando pra me sustentar e eu às duas horas da tarde conversando em Ramon com o padre Longuinhos: não se poupe de nenhuma fantasia, está ouvindo? Nenhuma, pode pensar no seu, como é mesmo o nome dele? Pois é, pode pensar no seu Ramonzito. Olha o céu, filha, sol, estrela, lua, o que arde e brilha é puro amor. Amor é bom? Eu dizia: é sim, padre Longuinhos. E o que é bom vem de onde? De Deus. Então ame. Por que dormir junto não pode? Nunca pensei em deixar Lísias, em dormir junto com ninguém, nem com Ramon, meu poderoso instinto me guiava, mas aquele era o jeito humano de perguntar as coisas. Porque esfacela, respondeu tranqüilo, porque quebra, porque fragmenta,

Violeta. Ou você não gosta mais do Lísias? Gosto. Então é amor a mais, tranqüilizou-me, não é preciso contar nada a seu marido agora. Vocês têm muito tempo. Posso continuar desenhando os peixes? Perguntei aquilo sem nenhuma lógica e o bruxo entendeu: pode, pode sim, desenhe o quanto quiser. Lísias nunca notou o peixe ruivo saltando de jardins, de pedras, de torneiras, do prato, de pequenos remansos, corredeiras. Dizia: você é meio artista, mulher. Não entendia mas guardava tudo cuidadosamente numa pasta de couro. Me amava, me deixava sonhar.

Todos na minha casa ficaram muito felizes quando Pedro me pediu em casamento. Rafael tinha um ano só. O primeiro dos muitos sustos que Pedro me deu foi dizer ao menino, a primeira vez que foi a nossa casa: vem cá, peixinho. Por que aquilo? Afeiçoaram-se e pude fazer Pedro sofrer com muito mais conforto.

Cu de galinha é abençoado. Tenho de falar porque senão não tem fim e não agüento mais. Ninguém agüenta. Portanto, digo: cu de galinha é abençoado. De gente também. FOI DEUS QUEM FEZ. Ai! Pronto! Falei! Não aconteceu nada? Isto mesmo que eu queria, cinturinha de boneca. Curitiba, cujo, cubatão, cunhado, caracu, pacu, que é um peixe, paixão, sinal de Jesus. Me benze, dona Maria benzedeira, me põe em transe pra eu falar todos os palavrões do mundo e acordar pedindo comida, não quero mais pedir perdão, quero pedir comida. O gringo dizia: você gosta do meu salsicha? Sabia que falava do pênis dele, igualzinho a miolo de antúrio, a flor que repete sempre: "sejamos pornográficos, sejamos docemente pornográficos". Ainda bem que as Madonas têm os seios expostos e o Menino não cobre seu pintinho. Deus não me fez até a cintura pro diabo fazer o resto. Ou tudo é bento ou nada é bento. Cora diz: o corpo vale ou não vale. Se tudo é bento, está certinho e é muito mais gostoso o alemão perguntar pra mulher dele: você gosta do meu salsicha no seu buraco? Oh!?! se falei isto sem auxílio do analista, poderei curar-me sozinha. Vou abrir um buraco e gritar pra dentro da terra a palavra mais feia, primeiro em grego, depois em latim, depois em português. Vou me livrar do verbo enfiar, porque vou enfiar no cu do mundo o meu desprazer de viver. Conseguirei? Talvez, porque sou salva pela metáfora, a única realidade. A ciência não salva, porque insiste em chamar as coisas por seus nomes e quem suporta isto? O amor é a mais fantástica metáfora, a realidade mais incrível. Pedro ama em mim o que serei quando for. Vou ser apedrejada e tem de ser assim, ninguém que é delicado entenderá: você não é promíscua, Violeta, é abundante só, padre Longuinhos me disse e eu mesma só agora entendo. Já apedrejei outros, roendo-me de secreta inveja do que julgava ser os prazeres da danação e eram os querubins cantando. Eu só conheço uma língua, é nela que serei argüida e direi o que desde já balbucio entre lágrimas, horror, cansaço e suculentos nacos de alegria: Ó Senhor, eu quero amar tudo.

Aqui em Cruzalva, onde a Alvarina contabiliza, do seu alpendre, nossos menores gestos, onde o marido da Beta acha que o homem pode tudo e a mulher nada, onde a família do Pedro pensa que somos perfeitos, que não brigamos, não erramos com os filhos e que sou virtuosa como Santa Mônica, ficariam horrorizados se suspeitassem que telefonei pro Nélio só pra ter o gostinho de ouvir ele espichar conversa no meu ouvido, sussurrando bobices de duplo sentido: tem alguma coisa pra comer aí, Violeta? Aquele seu bolo, falei com a Dalva... Quando ele bota a mulher no meio, desligo. Fica muito bobo, pecaminoso, de mau gosto. Em Cruzalva não ficou nem um homem inteligente e atrevido depois que Jonathan e Amiel se foram. Só tem seo Lói, o que sempre acha meios de eu entender que sou tão boa de foder quanto a Helga, mulher dele. Seo Lói é homem de harém com cinqüenta favoritas. Ele, sim. Não vou gastar mais minha centelha com o panaca do Nélio, se quiser que cresça. A paixão é burra, burra e humilde. Nélio quer sempre fazer espírito. Só quando estou mesmo muito necessitada é que suporto os galanteios dele. Jonathan me castigou, porque nunca falava, me deu apenas três presentes, três cartões-postais sem nada escrito. Só tenho a letra dele num cantinho de jornal: favor elaborar a partir deste parágrafo. Nem o meu nome, nem o dele. Tive que decorar Jonathan, com ele eram só alturas. Se der corda ao Nélio, num segundo ele pensa que pode me tratar com o mesmo palavreado estulto de suas rodas de chope. Com a mulher por perto, falará de bolos. Nélio me cansa. Jonathan me adorava e não deixou de adorar quando casou, quando veio a nossa casa apresentar sua mulher, me adora neste minuto, nos confins do mundo onde está, me visita nos sonhos, é como se não tivesse saído de Cruzalva. Está tudo intacto. Um dia nos falaremos em paz, será celestial. Uma mulher ama Pedro assim, sem me excluir. Pedro sabe, porque nasceu sabendo de tudo sobre amor e fica cada vez mais bonito. Pedro é igual e diferente de Jonathan e nenhum é igual a Eteloi Leh, o mais perfeito de todos, o consertador de rádios. Uma palavra grega que significasse fragmento de sol seria o nome certo para seo Lói, o que me traz de volta os peixes ruivos.

Pois bem, falei de Jonathan, da galinha e do lugar por onde põe os ovos. E agora? Suspeito que seo Lói seja bissexual. Me incomoda extremamente referir-me a ele sempre como seo Lói. Gostaria de dizer apenas Lói, mas soa libertino e eu não sou libertina. Resta que, para ser verdadeira comigo, fico imprópria com a singular pessoa do senhor Eteloi Leh. É impossível, impossível a harmonia que desejo. No sonho, Pedro tinha a cara de Jonathan. Começo a apiedar-me de mim. Me sinto a mesma daquele dia longínquo, querendo matar Lísias, decepando no quintal as arvorezinhas dele. Se Pedro me falar, lhe atiro coisas. Se ficar calado, também. Deus me protege contra o assassinato. A menina está abrindo o portão com a vasilha que vem pedir leite; antes de atender à porta, divido-me: não tenho coragem de dar a ela o leite com a nata, nata é preciosa, eu a quero para mim, nata, ovos, óleo. *A imitação de Cristo* certamente não me permitiria inquirir sobre a natureza deste fato, e eu quero, esta é a verdade, quero saber: se der o leite sem a nata, diminui-se o mérito da minha oferta?

Dar a vida é mais fácil para mim que dar a nata do leite, os ovos, a lata de óleo para a Alvina. Quero perder a vida, não o que me parece substanciais pedaços dela, vazando de mim como água entre os dedos. Odeio o que Freud vai dizer, primeiro porque não simpatizo com ele de jeito nenhum, segundo porque as verdades doem, e cair no que começo a pressentir como sendo a realidade traz dores como um nascimento. A sensação horrível de entrar nua num salão, numa igreja, assim vivo em grande parte, alguém me observa a mesquinhez, todos percebem. Gostaria de descansar. Que desejo tenho de fazer uma rosca de trança e levar para Ismália, mas tenho horror de que ela parta a rosca e ache um cabelo. Partir o frango, esquecer de cortar uma unha, alguém achar no prato. Olha, olha, tem importância não, mas dá pra tirar a barata? Deolinda segurando a jarra de leite, minha dádiva transformada em insulto à sua pobreza. Cida até hoje fala no ramo verde que levei pra ela na véspera do ano-novo. Dei a Mário um presente que me custou um terço do salário, ele nunca fez referência, pegou, guardou, esqueceu. Por que erro tão repetidamente? Meu chefe falou, por certo cansado de minha presença de ferro: que pena Vicentina ter pedido transferência; era tão meiga...

Padeço há quatro dias por causa deste fato extraordinário: Andrezinho foi passear na praia com os amigos (a menina da Alvina bate de novo na porta e desta vez quer pão), talvez o que desejo ao falar do terminal da galinha é exorcizar o medo, o medo inominável de que meus filhos tenham morte violenta. Agora é este medo que preciso vencer para que me cure e, mais ainda, me salve. Gesto horroroso como vi a Jandira preta fazer, eu também poderia? Em que ofenderia a Deus se o fizesse sozinha, no banheiro, no meu quarto? Não tenho coragem, tenho medo, medo. Nunca terei forças para pegar com minhas duas mãos uma parte do meu corpo e exibi-la pra Deus, porque só pra Ele me interessa fazê-lo. Se conseguisse seria uma santa enorme. Irmã Agnes me disse enquanto conversávamos no jardinzinho: é bom que você vá apanhando estas rosas envelhecidas. Numa delas achei três besouros lindos, pretos, aninhados no miolo. Ela disse: que bonito você achar logo três! Um a um, voaram de minhas mãos. Tenho medo de cansar Pedro minuciando estas coisas, ele é tão diferente de mim. É inevitável, não vejo borboletas sem me sentir tocada pelo carinho de Deus. Achei uma pedrinha branca em forma de coração, imediatamente pensei: "O vosso coração de pedra se converterá em novo coração de carne." No auge da minha angústia o telefonema inesperado: gostei imensamente das palavras que disse na festa do Coral, Deus abençoe você para que faça muitas coisas boas para nós. Como é possível alguém achar que faço boas coisas? Ganhei uma vela grande que acendi no presépio, fico olhando o mistério, o medo some porque o mistério recompõe as coisas, dá-lhes naturalidade e mansidão. Anseio ficar assim na mão de Deus, completamente esquecida de mim, como irmã Agnes passeando no capão. No enterro do papai compreendi tudo, por um minuto, sem ter a sensação de que despencava do céu sobre os abismos. Não posso negar, a tribulação me visita, a aflição do espírito. Beta me acha mórbida, gentilmente propõe irmos ao médico, 'talvez um relaxante te ajudasse'. Pedro me deu um maiô, dinheiro: compre coisas pra você. Ismália me entende: você está no inferno, Violeta, mas é tão boba, não sabe aproveitar um acontecimento extraordinário destes. Ismália quer que eu veja o demônio, como ela: senão você não verá a Deus, como é estúpida, Violeta. Ismália me assombra tanto! Me lembra seo Lói. É possível Deus fazer de uma cobra um bicho bom e amorável? Ismália e irmã Agnes acham que sim, as duas confiam em Deus como os meninos confiam, como eu mesma confiarei se persistir invocando este auxílio, do fundo dos meus tormentos. Quando estávamos juntas no seu cubículo, irmã Agnes cantou ajoelhada *À vossa proteção recorremos, Mãe de Deus*. Cora cantou junto, eu só queria chorar. "Uma espada de dor atravessará teu peito, mas o Espírito te cobrirá com sua sombra." Por causa do Espírito, é sorrindo que se sofre, como irmã Agnes e Ismália, mulheres de alta linhagem. Perto delas sou a serviçal do palácio, lutando entre dois desejos fortíssimos: jejuar ou ver novelas à tarde. Que orfandade eu sinto.

Mamãe deve ter sofrido demais. Não podia entendê-la. Com a idade de Bibia agora, só fazia perscrutar sua cara: mãe, a senhora tá triste? Se não, programava delícias como a de passear com Zaíra no pasto do Zé Pretinho: você já sabe como fazer, Violeta? Dormir sem calcinha, logo na primeira noite, não tenho coragem, podem pensar que a gente é fuleira. Mas também com esta fieira de botões?! Eu encontrara um jeito pra nós duas, vestiríamos calcinha de elástico. Não passaríamos por moças levianas e de quebra não ofereceríamos dificuldades desanimadoras a nossos maridos. Embaixo do pontilhão a Porcina lavava roupa com a saia enfiada entre as coxas. Me perturbou ser ali que as coisas se passassem, também conosco, e não era culpa minha, que bom! Desde que o mundo é mundo, a prática era aquela mesma, não precisava inventar nada, era só ficar mansa, utilitária, indispensável. Fora assim com mamãe? Mamãe, a palavra mais linda que falava: 'pudera'. Uma dama do Apostolado, senhora chique, aportada em Cruzalva, inaugurou a palavra, pérola no vocabulário de nossa casa. Eu queria usar também, mas se o fizesse desgostaria mamãe, porque 'criança metida a gente grande é insuportável' e também porque inflacionaria a língua, 'pudera' era só de mamãe. De outra moda ela também gostava mas não se atrevia: Laura só fala pexte, goxto, fóxforo, informava. Dona Laura, portuguesa de linda fala carioca. Será que sozinha e escondido mamãe repetia palavras com sotaque carioca? Não teve tempo de nada, nem ao menos de se acostumar com o afogueamento de papai, aproveitar as farras que fazia pra nós enquanto duravam os cobres: pois tão com vontade de comer doce? Me mandava no Baita onde eu pegava um doce e um queijo que ele rachava em quatro: o que é pouco não se regra, acaba com isso, que sossega. Mamãe era igual tio Dan-Dan é até hoje, punha as bananas na cesta e queria que as frutas durassem. Impossível! Dan-Dan tem onze filhos, lá em casa éramos só seis, mas esfomeados, eu parecia sempre arada. Seriam mesmo um encanto as frutas, ao menos por um dia, enfeitando a sala de janta: uma maçã, duas bananas, um mamão pequeno, como na casa da Cotinha, madrinha da Pulchra. Mamãe só falava por desfastio, porque não podia comparar nossa casa com a casa da Cotinha, só ela mais seo Bento, com pouca fome e sem menino. Mamãe queria é que fôssemos finos. Papai fazia graça: gente, vamos passear hoje na casa de comadre Cotinha? Na certa, um prato fundo de doce e um quarto de queijo pra cada um. No aniversário da Pulchra dizia: agora mesmo envém comadre Cotinha com um travesseiro de balas pra você, Cacá. De nós todos, Pulchra foi a mais bem servida de madrinha, queria criar a menina, que dormisse com ela depois que o Bento morreu. De vez em quando eu trocava: mamãe com o Bento, papai com comadre Cotinha, era horrível, parecia elástico relaxado. Sonhei esta noite com mamãe mexendo uma panela de ovos pra nós duas que havíamos ficado pra comer por último. Eu vinha do terreiro com mais ovos que eram seis; um tinha rolado, outro quebrei eu mesma. Minha mão suja, sem pia na cozinha, quando vi, não precisava mais porque mamãe mexia grande quantidade deles no fogão de lenha. Arrumara a cama dela no quarto do meio e me pareceu ótimo dormir lá. Depois eram meias e batinas de frades que devia recolher e botar em ordem pra entregar. No sanatório de luxo estava o médico boçal, sem um grão de humanidade. A mocinha de corpo de boneca gemendo torturada e o doutor de pedra querendo dinheiro. Saí de lá para encontrar Pedro, seguindo um riacho claríssimo de nem cinqüenta centímetros de largura. Via os peixes no fundo, seixos, areia, depois ele engrossava, sujava-se e me levou a Divinópolis, uma cidade antiga, carregada de musgo, de história, uma igreja maravilhosa em ruínas, gente vivendo de maneira densa como na cidade alemã que vi num filme. Divinópolis? Mas Pedro estava em Capelinha e o sonho pulou pra Cruzalva, pro meu bairro de menina. Tarde da noite, uma porção inumerável de cavalos e cavaleiros na porta de uma casa onde se dançava. A velha Hermínia, rodeada de homens, as casinhas pareciam casas de lázaro, de socorridos, as janelas quadradinhas coando luz de baixa claridade. Encontrei um roceiro que nem entrava na festa, nem ia embora, perguntei-lhe qualquer coisa, ele respondeu e acabou o sonho. Acordei com a mão dormente e dolorida. De tudo ficou a lembrança de mamãe, que se chamou Florbela Dieis Garcia. Não acrescentou o sobrenome do papai, deve ter dito assim no cartório: é obrigado? Então deixa sem isso mesmo. Papai sofreu muito com ela, mas ele era igual a essas lagartixas que a gente corta o rabo e ele nasce de novo; de uma alegria sarada.

Toda quinta-feira mamãe fazia guarda ao Santíssimo, de uma às duas. Naquela quinta-feira me disse: vai fazer a guarda no meu lugar. Com a viagem do Alberto não dá pra eu ir hoje não. Fui com Rosina, que era doidinha com Manito e não me deu sossego: Violeta, vamos na torre? De lá víamos Alberto engraxando os sapatos no quintal, o pai e a mãe diligentes, conversando com ele. De vez em quando ele fazia que sim com a cabeça. 'Quero ver ele pela última vez.' Estava com muita pena de Rosina, mas achava que era pecado largar o Santíssimo sozinho, só por conta de nós duas àquela hora. Rosina falava: que gracinha, que gracinha dele, meu deus! Vamos lá em casa, eu resolvi, você ainda apanha ele e despede. Alberto pegou na mão dela, foi a conta, papai muito aflito porque o trem estava no horário. Voltei com Rosina branca e suando até na casa dela. Alberto ficou um mês sem escrever. Eu não saía da casa da Rosina, mas com mamãe, de visita, era diferente, por isso achei ótimo quando disse: hoje depois do almoço vamos na casa de comadre Mena. Rosina estava mais pálida: Betinho não escreveu nada não? Olha, eu disse pra ela, vamos lá em casa, enquanto sua mãe conversa com mamãe, nós escrevemos pra ele, é num átimo. Me lembro exatamente do endereço: Rua Peralina 57. Passados uns dias a carta voltou, esquecêramos do endereço. Rua Peralina 57, Rosina tinha febre e não comia, dona Mena, muito assustada, não atinava com a doença. Rosina falava esquisita: Betinho, Betinho, não vai não, senta perto de mim. Minha filha vai morrer, disse dona Mena, será que não tem jeito do Alberto mandar umas palavras pra ela? Eu já tinha devolvido a ele nossa carta, aumentada de um bilhete: ou você vem, ou escreve alguma coisa pra Rosina, que está pra morrer e fala seu nome sem parar. Tinha acabado de morrer quando a carta do Alberto chegou. No dia da viagem dele nós duas ficamos no portão até ele encobrir. Rosina disse assim: é, acabaram as flores dessa rua. Se fosse viva, teria hoje pouco mais idade que a minha. Mamãe, em solteira, tinha passeado nos Bento, com Filomena, mãe de Rosina, e quando estava alegre recordava o passeio pra nós: de madrugada a mata clara igual um dia, assustei com o Zequita de espingarda no ombro. É pra atravessar cês duas até no sítio do Inácio, tem muita onça por aqui. Três dias já que sonhei com mamãe e a lembrança dela não me larga. Estava aquele dia tão acabrunhada com a viagem do Manito, nunca percebeu que eu saí no meio da adoração.

Pedro me pergunta se quero ir na feira. Não quero. Tem sábado que me enfara subir e descer as barracas, sempre as mesmas coisas: abobrinha, vagem, quiabo, mandioca. Tem tomate de horta? Não, só de São Paulo, cenoura de São Paulo, pepino de São Paulo, legumes grandes, capitalistas, sem pragas, mas sem gosto. Na horta de vovô Almano os tomates eram pequenos mas de inigualável sabor. Tenho grande fastio por cenouras enormes, rabanetes gigantes, há uma tolice desmesurada em tudo isto e muita avidez. Deixo Pedro ir sozinho. Hoje não agüento ver o Cornélio Tostes escolhendo verduras, vinte minutos para cada espécie, levadas sempre em pouquíssima quantidade: somos só eu e Almira. Faz um feixinho com as vagens, cabos com cabos, quebra uma por uma a ponta dos quiabos, cheira as bananas, tira as folhas de fora do repolho 'pra levar pras galinhas' e só depois manda pesar. Nesta operação não conhece ninguém, não cumprimenta ninguém, atarefadíssimo, como Oswando meu primo, que Pedro chama de anal. Perto do Cornélio, enfio as duas mãos no monte de vagens, pego os quiabos sem escolher. Não adianta, diz Pedro, ele não vê, não adianta dar lição, pouco se incomoda. Vai morrer assim. Será que a Almira não se enche com ele? Ela é outra, fazer onda no cabelo daquele jeito pra vir na feira é coisa de gente sã? Pedro tem razão, Cornélio e Almira fazem um par perfeito. Imaginem o que me disse ela: queremos muito *adquirir* o ingresso do festival de corais. Por que *adquirir* e não comprar, como todo mundo? Eu tinha alguns no bolso mas fiquei quieta, não quero ninguém *adquirindo* ingresso pra escutar a música que eu fiz e tanto impressionou o maestro Jacinto. Mas tenho pena deles. É claro que vou mandar a Bibia levar o ingresso pros dois.

Consegui lembrar o que tanto me incomodava: tenho que visitar Dionélia o quanto antes. Dionélia gosta de mim, graças a Deus. Me perdoa tudo porque adorava mamãe, foi quem primeiro me pegou quando nasci, me deu o primeiro banho, essas coisas. Um dos meninos dela, o Pilote, não saía da casa do vovô. E mamãe, tia Juju, Odete, todas solteiras ainda, adotaram o menino. Cortavam o cabelo dele, davam banho, comida, passeavam com ele e faziam pequenas maldades de vestir ele de mulher e levar pra Dionélia ver. Faziam aquilo pra ficar com pena do menino e sufocá-lo depois com mais carinho. É um refrigério passear na casa da Dionélia, não enxerga minhas rugas, meus cabelos brancos. Lá tenho sempre dezessete anos enfeitados: sua mãe não ligava pra compadre Armando, só de respeito por seu avô; com desculpa de vir buscar o Pilote, queria saber de mim se seu pai tinha combinado pescaria com o Zico, se tinha perguntado por ela. Dionélia me dá minha mãe enamorada, meu avô caridoso, aconselhando ela a ter paciência com o Zico, levando mantimento pra eles quando 'atravessaram a crise'. Obriga todos na casa dela a me prestar vassalagem, reza pra mim, amontoa brasas na minha cabeça, porque nem afeição me cobra. Violetinha morreu em São Paulo, fiquei sabendo por alto, já muitos dias passados, e não visitei Dionélia pra consolá-la da morte da moça. Pois veio aqui no meu aniversário: soube que Violetinha morreu? Depois você chega lá em casa. Não havia mágoa nem ressentimento e ainda me felicitava de verdade, desejava mesmo todo o bem para mim. Sinto enorme vergonha. Dionélia fala sempre: Deus é só dos pobres e só os pobres são de Deus. Amanhã vou à casa dela, fico até acabar o assunto: primeiro que sua mãe, te vi, te lavei, te enxuguei, você e seu irmão Alberto, pergunte a sua tia Juju... Eu retenho para Dionélia um pedaço bom da vida dela. Não terei pressa, darei tudo que puder, uma tarde inteira para Dionélia que dirá coisas assim: não assenta nesta banqueta não, é dura demais. Dan-Dan seu tio já foi muito moleque, mas a flor da casa era comadre Bela, sua mãe.

Com vestidos discretos sobre meu colo e braços, sobre pontos sensíveis onde aos vinte anos o inocente orgulho da mocidade se apoiou pra dizer eu tenho um corpo, vejam, ainda poderei ser bela. Como é que diz na bula? mamãe perguntava, corrigindo a direção dos dedos espalhando o creme no rosto. Ficava tão boa naqueles momentos, igual no dia em que, picando verdura, descansou a faca na mesa pra acarinhar minha cabeça. Minha mãe, o máximo que eu ouvi dela sobre sua vida com papai foi: seu pai às vezes passa da conta. Vi mamãe de relance aquele dia, vi o que vi, não mais. Os cômodos sem porta, só um chitão ralo resguardando o banho. Pêlo encaracolado e curto no sabão?! Mamãe tem cabelos lisos, pensei, papai também, meus irmãos e eu... E então? Mistérios. A última edificação que vi em sonhos era em louça rosada, um castelo de louça contra céu e nuvens de abril, diferente da casa onde ficou a última imagem de mamãe, a casinha onde o cômodo mais íntimo era a privada. A água quente na bacia estimulava a bexiga, a água urinada ia e vinha no rosto, novamente nas partes, banho gostoso. Mais água quente por cima dava ainda pra lavar Beta e Pulchra. Mamãe merecia uma banheira de louça, era tão bonita!

Coelhinho branco se eu fosse como tu
tirava a mão do bolso
e botava a mão no co
elhinho branco se eu fosse como o tio Dan-Dan, dava um jeito de fazer uma brincadeira com a Amerildes, vontade eu tenho mas me falta coragem. Vou ter que agüentar a posse, o discurso, a inocência burra da Amerildes que agora é membra do Sodalício, como diz Dan-Dan. Um volume chamado *Coletânea* me indispõe à leitura e eu não gosto de crônica, meu estômago revira com a excreção semanal do Pena, no *Clarim de Cruzalva*, sob o título fixo de "Oásis". Pensa mesmo que as palavras dele são refrescantes abluções para os cruzalvenses, como ele adora gentilizar. E é o *Clarim* que vai publicar as palavras de saudação à Amerildes que devo fazer em nome do Coral. Estou em

apuros para fazer uma peça sem louvar, sem ofender, sem mentir, sem ficar doida, portanto. Cambada, a fim de me pegar no Sodalício onde vão me chamar de novel recipiandária. Só morta. E tudo por causa da inconfidência de tio Dan-Dan que adora essas coisas e espalhou que eu fazia versos. Eu não. Sou é compositora. Meu negócio é música.

Alberto está de férias na minha casa. Viajou o mundo todo, tem um ar tão distinto, mamãe ia morrer de orgulho. Estamos ainda meio cerimoniosos, há cinco anos não nos víamos. Não come açúcar mais, insiste em saladas, mamãe ia adorar, papai logo ia dizer que era perigoso ele ficar fraco. Parece aborrecido em falar de europas, quer saber de nós, se tenho um retrato seu com a roupinha marrom, se lembro do cavalo que papai fez pra ele quando morávamos no Nascedouro: tinha um homem montado. De onde papai teria copiado o jóquei? Quando nos mudamos para a casa da linha, ainda tinha o cavalo? Tinha sim, respondi, você estava crescido, não se importava mais com o cavalo, ele ficava preso nas taquaras da cerca. Que vontade de ter o cavalo de novo. Manito parecia um menino. Que é feito de seo Clécio, dona Plácida e dona Placidina? Do *trio de ouro* não resta mais ninguém, eu disse. Manito ficaria abismado se soubesse da história de seo Clécio, não a da feijoada, que papai contava desde o princípio do mundo, mas a que o Sandro Malta, irmão do Pedro, contou. Papai morreu sem saber e achei bom, tinha seo Clécio em alta conta, mamãe também, mas acho porque ele usava coletes. Senti um mal-estar tão grande quando soube, achei ruim o

Sandro me contar, pelo menos por agora vou poupar Manito dessa desilusão. E a Jovita? ele disse, a Jovita também?

Não, a Jovita é honestíssima.

O quê?

O que o quê?

Perguntei se a Jovita morreu também.

Gente, eu falei, que confusão, a Jovita está bem viva. Dan-Dan gritou do portão que estava entrando, jantou conosco, orgulhosíssimo do sobrinho ilustre. Estava jovial, loquaz, encantado com a conversa de Alberto. Foi para casa alegre o tio Dan-Dan. Dez minutos só que tinha saído e bateram na porta: é a senhora a esposa do senhor Pedro Elias Malta? E tem um tio por nome Daniel Garcia conhecido por Dan-Dan? Não é por nada, já é problema resolvido, eu só vim conferir. A senhora não se incomode, é questão de uma lenha que ele andou catando no meu mato, disse que o gerente da cooperativa, seu marido Pedro Elias, era parente dele, tou tirando a limpo, me desculpe a senhora. Por isso ele demorou tanto, disse Manito, veio aqui pra desabafar e não teve coragem, precisa saber, senão não terá alívio. Tio Dan-Dan ria tanto de papai mas está parecendo ele no mato do Deolindo. Uma coisa à-toa, continuou, esses capitalistas são uns sanguessugas. Dan-Dan ainda não tem fogão a gás? Tem, eu disse, mas a Leonídia insiste em cozinhar o feijão no fogão de lenha. Gás na casa deles dura o dobro.

A última coisa que pensei fosse me acontecer: um estremecimento com Melânia. Pequenas coisas nela sempre me desgostaram, como cuspir, lixar as unhas em público, mas o que eu não perdoaria em Melânia? Ontem nos encontramos e foi tudo melancólico. Fui a um enterro em Pedralva e no cemitério onde deixamos seo Francisco as covas eram rasas, as árvores grandes, um enterro pacífico. Saímos de lá direto para um lanche. Fosse com Melânia ela me obrigaria a ver apenas que as pernas de seo Francisco permaneceram arqueadas no caixão, que era tristíssimo ele ter morrido de câncer; que a morte é nojenta e cruzes nada mais são que cepos de paus superpostos. Que linda aroeira?! Mas dá comichão, ela atalhava. Que lindos cabelos?! Mas já tem fios brancos. Melânia me faz lembrar Conceição. Bastante iguais e diferentes, as duas fazem o leite azedar. Conceição escarrapacha na cadeira e solta os meninos, eles pintam e bordam e mexem em tudo, ela não move uma palha. A gente se esforçando, oferecendo o melhor, explicando como pelejou com o figo pra ficar um doce verdinho e ela corta: ah, boba, faz amarelo mesmo. Melânia gosta do triste mas não chora, Conceição gosta do bom mas não elogia, especialistas estas duas em tirar a alegria da gente.

Eteloi Leh, seo Lói, por causa de seu impronunciável nome. Fui buscar o rádio: o conserto está pronto, seo Lói? Não me respondeu, limpando a imagem sem cabeça, com uma flanela embebida. É de um santo, seo Lói? Não, menina, é de um anjo. Estremeci, meus olhos grudados na mão de seo Lói polindo a imagenzinha. O rádio está lá dentro, ele disse. Percebi na mesma hora que não podia brincar com ele, como faço com o Nélio. Se tretasse, seo Lói me levava pros fundos da oficina e adeus minha saúde.

As cebolas não têm íntimo, cada sobrecasca as resume. No entanto provocam-me a penetrar com faca em seu inamistoso, inexistente coração. Como os olhos de Anísia sobre mim, ressumando de ódio. Anísia me desama sem motivos, me cumula de agrados, faz crochê, faz doce, até discursos faz. Sobrepõe-se em palavras de mel que me paralisam com seu visgo e me oferece em bandeja de prata minha própria cabeça. Tenho desejos de matar Anísia, de enterrar uma espada no seu peito, assim: no coração da cebola. E ficar olhando o sangue branco de Anísia gotejando da lâmina, seguidamente, até ela me pedir perdão.

Rodas de ferro sulcaram-me uma noite dessas e me deixaram morta sobre minha própria cama, escrevendo uma carta: querido filho, querido e amado filho... Deus gosta de me ensinar com a ponta do chicote. Como se não houvesse mais que trevas, líquidos turvos, hálito empestado, clamei pela salvação dos meus. Percebi claridade na janela e muito sono em mim, a madrugada me apanhou esquecida de que há no mundo tantas maravilhas. Uns passarinhos começaram a piar, adormeci de novo, como um cão afagado.

Os dois textos que fiz, sobre cebolas e rodas de ferro, são de fato duas músicas, minhas duas últimas composições. A primeira chama-se *A interna do quarto 45* e a segunda, *Mãe acordada*. Não gosto de nenhum dos dois, mas não posso desvencilhar-me, é impossível para mim fazer apenas a música, vem junto a récua de palavras, um aleijão de que me envergonho, uma impureza, compulsão que não explico. A palavra é triste e violenta? A música sai pura e doce, o poema da interna é a música mais doce que já fiz. A melodia de *Mãe acordada* lembra uma terna mãe com seu filhinho no colo, nunca a desgrenhada mulher em pânico, pedindo a Deus a salvação dos seus. Quem me explica o que se passa? De fato faço duas coisas tão diferentes com a mesma raiz, ou são iguais e não percebo? Laranjeira enxertada: uma parte, laranja doce; a outra, laranja azeda. Desgosta-me a anomalia, quero ser igual a todo mundo. Tenho vergonha de que Pedro saiba, temo desmanchar-me, perder a consistência. Quero fazer só música, mas não suportarei que o *Clarim* me chame de 'musicóloga e/ou musicista', nem mesmo compositora. Jonathan vai me amar menos se souber? Só seo Lói vai entender, porque é da mesma laia que eu. Se fosse homem, teria sobrancería para exibir letra e música, todos os esses e erres, me respeitariam. Cometi a fraqueza de contar a Geraldo, eu estava feliz, a noite bonita, ele fez cara de nojo. Ou fui eu mesma quem projetou minha repulsa em seu rosto? Só não me desorganizo de vez porque inventei um mecanismo assim: quando termino a música, que é o que me interessa, pego o texto e soco num saco, como se jogasse fora, como uma placenta. Serve para esterco, adubo, tenho gratidão por ele mas meu filho é a música. Bibia será como eu? Me assustou porque disse olhando fascinada uma pintura de Brueghel: gosto tanto deste homem, é um barato, mãe. Sabe a música que eu pelejava pra tirar e não conseguia? Pois dei conta; olhei bem estes desenhos, estes demoninhos dele e toquei com a maior facilidade. Bibia beijava a gravura: eu amo ele, mãe, se fosse do meu tempo eu casava com ele.

Sebastião insinuou jeitosamente que talvez eu não fosse de fato uma compositora, quem sabe meu caminho era outro? E recitou com sua voz bonita: *Como invejo os que habitam na paciência e em pequenas porções comem sua parte.* Ditos por ele daquele jeito, meus versos não me envergonhavam. Queria mostrar as músicas, mas ele não estava interessado, queria os textos, todos. Outro dia, prometi.

Violenta, vem dormir, Violenta, é Pedro brincando comigo. Me acompanha dentro de casa, me imitando, silenciosíssimo, sem que eu perceba. Levo muito susto. Alberto fazia assim com mamãe que detestava repartir antes da hora a gulodice que estivesse fazendo. Espera, ela dizia, senão quando acabar de fritar não tem mais nenhum. Alberto vinha pé por pé atrás de mamãe e dava uma pinicadinha na barriga da perna dela: me dá um? Nem se quisesse mamãe ficava com raiva, ria dele que saía pulando com o biscoito quente na mão. Nossa casa não tinha mesmo jeito, mamãe se conformava e dava também pra mim, Beta e Pulchra rodeando a peneira com olhos compridos. Éramos esfomeados demais. Só não pinicávamos nos biscoitos de compadre Bento e comadre Cotinha, que vira e mexe iam assar lá em casa, por causa da boa qualidade do forno. Valia a pena, deixavam uma bacia cheia pra nós. Com os de fora sempre fomos muito educados.

Querendo me ensinar alguma coisa, Sebastião me disse brincando: escute Mozart, para ficar mais refinada. Seo Lói é delicado, seo Lói e Pedro. Podem pegar um filhote de beija-flor que não machucam ele. Uma das coisas mais doces e emocionantes que Pedro faz é botar meus cabelos pra trás. Naomi saiu a ele, enrola biscoitinhos de um tamanho só, as crianças se aninham no colo dela, com extrema docilidade. Não gosta que eu a ajude na cozinha: pode deixar, mãe, a senhora desiguala tudo. Eu me esforço, mas há um desdom que me impede. Também, com estas mãos, bobagem minha querer bordar, fazer suspiros, arrumar os cabelos de Bibia. Não sei como estou inteira, seu anjo da guarda é paciencioso, falava Vovó Assim, outra estabanada. No Congresso da Juventude Cristã passei um aperto danado, Mirna Costa falou à toa, por falar: leite de coroa-de-cristo é ótimo pra manchas, nem me informei direito, com medo de estragar o achado, e passei bastante leite da erva na minha cara que ficou lisa e fina como a de um bebê, mas inchada e vermelha como um caqui dolorido. Não queria pele de bebê? Pois tome açúcar, leite, maisena, leite de peito, tudo que desconfiei capaz de consertar o estrago a tempo de eu fazer a saudação aos congressistas de Teófilo Otoni, tinha dezoito anos. Mas foi ontem, ontem que aprendi: 'os músculos do rosto não se podem massagear com força, porque não estão colados aos ossos como os do resto do corpo'. E eu venho estes anos todos esfregando eles com enorme força, para ativar a circulação, arrancar as células mortas, dar elasticidade. Já era pra minha cara ter despencado. Mamãe também massageava errado. E no fim é: nada de força, delicadezas. Pedro nunca massageia o rosto, está sempre bonito e firme. O que me salvou é a minha disritmia. Hoje quase arranco a pele de tanta massagem, depois passo mais de mês sem nem sabonete. A Mirna Costa arrumava, arrumava, escovinha nos cílios, pó no nariz, lápis contornando a boca, como se fosse casar, 'você não vai passar nada?'. Adorava sair de cara lavada, fazendo par com a Mirna Costa, toda confeitada. Feliz de quem Deus quer bem, ela dizia me olhando desapontada, arrumei tanto e não realço nada. Me observava procurando o segredo. Já naquele tempo sabia: se me aplicar em ter olhos verdes, terei. Acredite quem quiser, não gasto mais força provando nada a ninguém. Bibia falou um dia desses, nós duas tomando sol: mãe, deixa eu ver, a senhora tem o olho verde? Olho pras coisas com olho verde e assim eles ficam. Acontece só quando estou feliz, o que ultimamente ocorre com muita regularidade.

Sebastião disse: não tem nada que saber do belo, deixa o belo pra lá, artista tem mais o que fazer. Esse pessoal te amola muito? O pessoal é este de quem os meninos fogem, saindo pelos fundos, pra não aturar frescuras: mãe, tem um pessoal *das artes* te chamando. Só gostaram até hoje de Sebastião. *Extou exauxto*, ele diz, manda todo mundo embora, deixa só eu ficar aqui. Em Cruzalva tem pouco que mostrar a visitas, a caixa-d'água, o viveiro da prefeitura que eles chamam de zoológico e as pinturas da capela de São Dimas. O que mais divertiu Sebastião foi o jantar de corais no Centro Musical de Cruzalva. Ele cochichava, olhando hipnotizado o maestro Ercílio comandar as *cotovias*: ele preferiria meninos, você não acha? Mas, num lugar como esta cidade sua, não tem pra ele não. Como deve sofrer esta criatura! Olha! Que inferno, coitadinho. É um santo! Quem é aquela generala passando a tropa em revista? Era a mulher do advogado Mesquita, cumprimentando as pessoas sem amolgar o corpo, a mulher que o *Clarim* chama de a mais elegante de Cruzalva. Em dois tempos destroçou a Giselda Mesquita, do sapato ao penteado, 'parece um espanador'. Pode rir, boba, falou no meu ouvido, não é pecado não. Relaxei um pouco, experimentando o embriagante vinho de rir das pessoas, o extremo ridículo daquela festa em minha pobre cidade. O locutor de negro cetim é outro, dizia Sebastião, em todo caso é mais novinho, mais liberadinho, mas o maestro, ai que amor, coitadinho, que santinho. Sebastião não despregava os olhos do maestro Ercílio, a pessoa de quem mais gostou. Depois de rodear muito, já no finzinho da festa, Márcio Henrique se aproximou com desculpas de falar uma bobagem qualquer sobre a atuação do Coral. Estava louco era pra ser apresentado a Sebastião. Fiz propósito de levar Sebastião pra conhecer tio Dan-Dan e o piano de garrafas que ele fez. Sebastião vai se comover se escutar Dan-Dan na flauta, Leonídia não vai gostar. Toda vez que elogiam o talento de Dan-Dan ela fecha a cara, tem medo de que ele volte pro Coral. Este pessoal *gay* te procura muito? perguntou Sebastião. Disse que sim, meio incomodada. Você é uma prostituta e eles sabem. Que noite devassa eu passei, rindo da Giselda, consentindo nos cochichos de Sebastião.

Recebo no ar azedumes, incompreensões e o pior de tudo: antipatias profundas. Querem que me foda. Podem gloriar-se, pois é assim que me sinto, sem nem um orifício perdoado. Tenho vontade de morrer e deixar as pessoas discutindo se vendem ou não o armário, se acabam com o galinheiro e fazem uma horta, ou... Que cansaço é viver, bem diz Naomi: a vida não pára pra gente descansar. Como alguém encanecido e triste pode ter tido pais? Só a santidade, a mais heróica santidade tornará aceitável o fato de estarmos sentados sobre os nossos traseiros, discutindo teorias. Tomaram como insulto, presunção intolerável, as palavras que disse no Encontro de Mulheres. Padre Régis, presente, não me salvou, ele próprio não quer saber do mistério, virou socialista, reza missas secas, olha com desprezo a Legião de Maria, o grupo de mulheres que, depois da cozinha arrumada, se reúne na igreja pra fazer Via-Sacra, cantar os louvores de Deus. Não faz mais teatro com os jovens, nem piquenique, só quer saber de organizar as pessoas em comitês, com presidente, secretário, 'membros ativos e participantes'. Padre Régis me olha com indisfarçável desgosto porque não aceito entrar no Avante Mulheres, não posso, não me deixam ir pra roça com Pedro, passar a tarde com Cora escolhendo uma blusa. Corsária me desprezou, riu-se de mim quando passei o grande medo de Andrezinho morrer. Leva os dias visitando os bairros, a menininha dela na janela, tristinha, espiando a rua, por mão de empregada. Corsária tomou raiva de mim, me insulta porque não me vê ansiosa como ela para salvar o mundo, 'conscientizar as mulheres de sua degradante posição na sociedade', degradante mesmo, se nem no Avante Mulheres temos lugar. Enchemos a sala à primeira convocação, receptivas, pacíficas, porque íamos, segundo ela, discutir nossa condição de espoliadas, e o que se viu? Corsária tomou a palavra e nos dividiu em grupos, Cezinha gritava palavras de ordem como se fôssemos um gado, ora, queríamos falar do que nos machuca o coração, como fazer para que nossos meninos também arrumem a cozinha e estendam suas camas como as meninas, sobre maridos como o de Toninha que obriga ela a segurar em fio elétrico, a enfiar a mão numa lata cheia de ratos, 'pra largar de ser mole'. Pedro diz que não me adianta dar explicações, Corsária e Cezinha só escutam o que querem. E não me entenderiam mesmo, senão por que me deram os parabéns quando assinei o manifesto oposicionista? Esperavam o contrário? Felicitaram-me tão calorosamente que me assustei. Decerto pensaram: ela se converteu, já já está no bando. Ah, meu pai vivo pra dar uma lição nesta cambada, ele que foi o maior militante católico quando o partido comunista cismou de aparecer em Cruzalva. Ele, sim, brigava, passava a noite em claro com a turma dos *liguistas* mas de manhã estava em casa lépido e contente, consertando coisas, dando e tomando amor de minha mãe, caçando flor de camará 'para fazer um cordial pra essa menina', não esquecendo de pôr no meu chá 'umas gotinhas de óleo pra desagarrar os peitos'. Isso é que é.

Fiz um ótimo texto mau, o que me enche de raiva. Mais digno de execração que o mau poema bom. Eu não sou um mau poeta, não porque assuste a duas carmelitas ingênuas para quem não se pode dizer da humanidade de

Jesus: tinha cabeça, tronco e membros. Há os maus poetas pornográficos. Assusto mais exatamente quando rezo e julgo ser oração as palavras que digo, estou cansada de mim. Papai disse umas pouquíssimas vezes em sua vida: estou desacorçoado. Não posso me queixar, muitas mulheres da minha idade estão completamente caquéticas. A Mirna Costa anda vergada, Solange não é capaz de cruzar as pernas. Turíbia só levanta de uma cadeira com ajuda. Estou coroada de rosas, rosas brancas, como uma virgem, inacreditavelmente poupada. Fosse possível tirar meu coração do peito, cientificamente provaria o que digo: ele canta *Lauda Sion*. O moço me abraçou e disse: estou muito perturbado. Não há o que contar porque só aconteceu isto, foi como se Deus ordenasse: pára, mundo. E me pusesse no colo: descansa, Violeta, descansa, Violetinha, toma um gole de mel, dorme, sonha, minha orelha roçando a blusa de Deus, seu peito inexpugnável.
Desejo rosas brancas
Plátina, príscula, créptina,
eis o que faço com meu poder
sou impura. Hásmine fórcebis
trâmuta, lápine
dígitos bos fásque-me
quia, quia
desejo rosas brancas
Báralo trântinos
quia rosas, brancas rosas
mortifica-me amar pessoas que fazem má poesia
queria só repousar

rasuóper osai réuq-ue
Perdoem-me. Nada é senão mistério.
Tenho culpa e não tenho.

Naomi tem razão: a vida não pára pra gente descansar! Se fosse só ruim ninguém agüentava e morria logo, fosse só bom ninguém reclamava, mas é bom e ruim, é despedaçado, contínua e infinita fragmentação. Me deito pra lembrar o abraço do moço, logo logo dá seis e meia, tenho que me levantar. No quarto das meninas tem uma fronha cheia de meias desaparelhadas, preciso organizar as gavetas, reforçar as costuras da minha calça comprida e meu desejo é ter o resto da vida sem nenhuma perturbação, pra emendar os pedaços de tudo que já senti e pensei, fazer uma peça inteira, começo, meio e fim. Quando faço uma boa música, de certa forma ela cristaliza pra mim alguma coisa, me religa a uma parte da qual fui separada. Passarinho só canta, abelha só faz mel, flor fica só sendo flor. E eu? Com tudo que me cabe fazer para bem cumprir as obrigações do meu estado, tenho ainda de me afamar em não ficar velha demais, tenho tanta vergonha de ficar velha, tanta! Ismália não tem. Quanto mais coisa boa me acontece, mais vergonha eu sinto, tão inadequada. Ter cem anos é um sossego e tanto, porém tenho medo de chegar aos cem, ainda com a pretensão de descobrir no salão algum mancebo me olhando, sou a criatura mais ridícula da terra. Não pinto o cabelo, os fios brancos têm excelente brilho, Deus me quer tão bem, as pessoas pensam que pinto as mechas esmeradamente. Penso em fazer balé, pra dar boa diligência aos gestos. Como se movem lindo os bailarinos. Senti uma sensação esquisita, a mocinha me elogiou: que pés lindos! Papai tinha pés inacreditáveis, era bom ver ele descalço, pés para amoroso trabalho de estátua. Nunca soube. Fora melhor também eu não saber. Mãos não tenho bonitas, só quem acha é Pedro que se ri apenas de minhas orelhas. Quando era menina admirava os carirus na horta de tia Clotilde, queria os cabelos daquele jeito, enroladinhos, a profusão de cachos louros batendo nas costas e os olhos azuis e me chamar Lucinha, Luscinha, lindo nome de filha única, sem Beta, Pulchra e Manito pra roubar atenção e gulodices de mim, morar em casa com alpendre e sofá. Vou eu mesma fazer um creme de aveia pra passar no rosto, pelo menos não vai dar bolha, aveia é doce e macia. Vou pedir a Deus um bom espírito. Se me concentrar bem, puxo do fundo de mim o meu espírito que se derramará sobre minha pele, olhos, cabelos. Vão se apaixonar por mim o músico, o poeta que até hoje não me deu confiança. Derramar é *deramare, deramare* é aparar os ramos; pela primeira vez entendo esta palavra em seu primeiro sentido. Derramar as palmas, derramar as flores, derramar o espírito, derramar a luz. Derrama-Te sobre mim, Senhor, faze-me santa reconhecível entre os meus, a que tem o filho, a agulha, o cosmético, o sofrimento que ninguém suspeita.

Tanta paciência é necessária para seguir vivendo a simples vida que os santos, pra suportá-la, martirizam-se, pedem desculpas por gozarem tanto nas agruras do seu jejum. A língua queima de sede, a meia altura do chão levitam monstros sonâmbulos subindo pela parede, Deus está no telhado. É para isto só que se nasce, pra ver Seu rosto terrível nos trespassando de facas. Moisés desceu do monte com dois chifres em brasa, Santa Teresa com olheiras, São João da Cruz não tendo mais controle sobre seu pênis estático. Eu também quero os inefáveis gozos. Então é só lavar, passar, pagar o débito conjugal, sem uma centelha, uma chaga, mancha misteriosa e roxa sobre o peito? É tarde da noite, minha mão cheira a alho, não devo me untar de cremes pra dormir. Devo rezar, a espinha quebrada em duas: eu não sou nada, ó Senhor, acolhe-me, ouve dentro de mim esta língua estrangeira que me impele, *Abba, Abba*, Pai.

Dona Cessa morreu, Naomi disse que ela teve folga de viver. Morreu o filho da Anésia no estouro de uma caldeira, o cadáver enfaixado a partir da testa, só se via uma parte do rosto emaciado, rosas sobre todo o corpo. Anésia passava a mão na fronte magoada. Tristíssimo e amoroso, porque sem desespero. O sofrimento humano garantido pela ressurreição de Lázaro; do filho da viúva de Naim, pela ressurreição de Jesus, que vai restaurar os pés de meu pai, seus magníficos dentes amarelos, seu braço, pra ele pescar de novo, beber café de vidro de biotônico enfiado no bolso. Ontem suicidou-se a primeira pessoa no metrô do Rio de Janeiro. A única pista encontrada foi seu lenço bordado: Paulo Sérgio. Tinha cabelos e bigodes castanhos. Como posso suportar isto, este sofrimento que dispensou Deus, esta morte sem lençóis respingados, sem termômetros, sonfiferos, diuréticos, recomendações sobre o que fazer com o pecúlio? Não recebeu o viático, nem deixou um bilhete pra nos consolar: coitado, foi traído, coitado, eram muitas as dívidas, coitado, o pai o rejeitou, a mãe dormia com homens. Como é possível a nós, tão frágeis, um desespero tão desmesurado? Como é possível diante de um fato desses, maior que se os astros todos tresvariassem de suas rotas, eu persistir na minha raiva de Pedro, na minha vergonha da velhice? Estou perturbada e infeliz. Pedro tossiu muito e não fiz pra sua tosse nem um comentário nem um chá. Insiste em aproveitar a noite pra visitarmos sua sobrinha, ou minha tia Clotilde, ou nossa empregada que se casou, ou compadre Vicente mais comadre Zenaide. Eu não quero ver nenhum deles. Compadre Vicente é insuportável homem que vive para a família e marca com cruz de sangue a porta de quem pensa diferente dele, mata qualquer assunto. Se eu perguntar: viu o suicida? Ele responderá: o paganismo está destruindo o mundo. Odeia perguntas. A sobrinha de Pedro vai mudar de assunto 'porque estas coisas me impressionam muito e eu não durmo de noite'. Tia Clotilde dirá: tadinho. Nossa ex-empregada seria a escolha melhor, falaria ininterruptamente: foi debaixo do trem? Deixou bilhete? Era casado ou solteiro? Deus me livre, cruz-credo, que tentação! Depois faria café e me perguntaria ansiosa se não esqueci de arrumar pra ela os dois suportes de samambaia, 'a senhora é muito esquecida, eu mesma vou pegar'. Recolhi os pratos e falei à toa, sem nenhuma intenção: hoje quem arruma a cozinha? Andrezinho foi rápido: de manhã foi eu, agora Bibia tem de ajudar. Bibia levantou batendo os talheres: chantagem, hein, mãe? Me desgostou demais, discuti com a menina tão injusta comigo. Ao meio-dia já havia me perguntado: a senhora gosta de mim? Sei não... Ó meu Deus, será depois da minha morte apenas que meus próprios filhos me entenderão? A menina merecia uns tapas, foi por esquecimento que não a esquentei. Gastei bobamente minha energia discutindo com ela. Já tinha o suicida me pesando, agora Bibia, Pedro querendo fazer visitas de nenhum agrado. Fiquei aliviada de não achar a Estelamáris, mas aproveitamos a viagem e fomos à casa da sobrinha de Pedro, que apertou a campainha duas vezes. Com medo de que atendessem, fui me encaminhando pra saída do prédio: não tem ninguém aí, Pedro, não tem luz debaixo da porta. Já sei, disse ele, nervoso, não precisa falar mais não. Eu só tinha falado uma vez. Que vontade de esmurrar Pedro, não ter o que comer, o que vestir, de ser mendiga que as autoridades atiram nos rios pra limpar a cidade. Pedro entrou em casa e eu fiquei dentro do carro imaginando o que fazer pra consertar aquela ruindade boba, sem nenhum sério motivo. Bibia continuava amuada, Pedro foi ver futebol. Estava achando impudico rezar daquele jeito, dura como um poste. Pensei em irmã Agnes, sentiria ela sensações tão negativas? Um pensamento veio em meu socorro: Deus é imutável, não é pedagógico nem didático, não remete a mais nada além de Si. Que alívio, que descanso! Continua me amando estremecidamente como quando me fez. De chofre entendi a Virgem Maria e seu canto magnífico: "O Senhor fez em mim maravilhas, santo é Seu Nome", claro, somos carência pura, somos os tirados do nada, nós não somos. Ele, só Ele, é. Absolutamente. E quando parece não haver espaço para mais ninguém, me deixa ser. Este mistério é esmagador; me faz mal. Me tenta da mesma forma que tentou Eva: um nada querendo ser. Certamente coloco diques contra Deus, fico querendo ser, desgarrada de Seu amor, e é por isso que as maravilhas não se fazem em mim, é por isso que eu fico velha, é por isso que Bibia vê meu amor por ela tão obscurecido. Dor é vontade de ser, dizem os budistas. Se me doar, serei, dizem os cristãos. Maria é flor aberta, por isso o Senhor veio, pintou e bordou, fez nela as maravilhas. Ismália sabe disso, não se confunde como eu. Minha vergonha de envelhecer é isto, vergonha de me poupar. Terei pois uma coragem igual à do suicida: serei. Não posso consumir minhas forças tentando entender o mistério de Deus me deixar ser. Serei apenas. Do contrário pecarei por orgulho e cuspirei no dom. O desejo profundo do meu espírito é cantar louvores, é não pedir mais nada. É exemplar que a palavra poética fascine, e que não seja a exegese o discurso dos santos. O lázaro sofre, meu coração confrange-se, mas não posso negar para mim mesma: a ferida é bela, sua crosta parece ouro. Amo a gravura escatológica que o adventista me deu, as forças do céu abaladas, maremotos sepultando navios, náufragos, relâmpagos, o gênero humano em pânico vendo descer sobre as nuvens o Filho do Homem! É tão bonito o castigo de Deus! Minha melhor palavra é a que eu não governo. Mesmo não sendo ainda a contemplação do Seu Rosto, face a face, a beleza que tenho me subjuga, facilmente distrai-me, ó Deus. É a fivela do sapato, a blusa de seda, o anel, o gênero musical denominado seresta, onde toda sociologia desenfada-se. Primeiro é ser feliz. Pedro precisa de um chá, Bibia de mais atenção. Quero ser dócil ao Espírito, como a burra de Balaão.

Estou um pouco melhor. Estava. Porque acaba de bater na porta uma mulher dizendo que veio do Carmópolis e se estou precisando de cozinheira. Tem dois frisos de ouro no dente. Dou a ela o endereço da agência de domésticas, ela escuta mal-mal e pergunta: aquelas goiabas que vi lá de fora é do quintal da senhora? Podia me arrumar umas duas? Fervo de raiva. Faz isso por simplicidade ou é folgada mesmo? Disse que não agüenta ficar em casa, quer arrumar serviço. Chamo o Andrezinho pra apanhar as goiabas, ele vem fuzilando: que povo chato, vê, tem que pedir. Não achou o gancho, ficou pelejando com a vassoura, caíram só duas. Tá bom mãe, só isso chega, ele disse, ter fruta em casa é muito aborrecido. Será que irmã Agnes se deixaria enervar como eu por causa de uma bobagem dessas? Dou as goiabas sem nenhum amor. A mulher fala: não é pra mim não, é pra uma moça com desejo. Pode ser verdade e pode ser mentira. Uma coisa ou outra, foi aborrecido, não posso negar, foi chatíssimo ser interrompida por uma mulher que me pareceu ser meio salafrária, uma passeadeira. Vou conversar com Ismália pra ela me ensinar se posso sentir raiva. Gostaria de poder fazer uma seleção de pessoas.

Só por causa do meu terceiro lugar no concurso de composição, todo mundo em Cruzalva quer me obrigar a escutar o que acabou de parir. Querem extrair a fórceps minha opinião. Eu detesto as artes. Mais de um artista é demais, me aflige. É como ir nos supermercados, montanhas de repolhos, pirâmides de tomates, de lingüiça, enfaro. Que saudade, uma panela com arroz, uma com feijão, outra com a mistura, carne só nos domingos. Não tinha sobra, não tinha excessos, só fome, muita fome, de tudo. Rico deve ser bom, eu pensava bobamente, uma lata de marmelada pra cada um. Na parede, os corações de Jesus e Maria, uma Nossa Senhora com o Menino, que Pulchra ganhou na rifa, o retrato de vovô, ampliado, em cima do rádio, o livro de reza, a caderneta do armazém e o dicionário ilustrado que papai achou muito útil e pagou em suaves prestações. Passei muita vergonha indo a todo lugar com o meu vestido de anarruga e meu sapato tanque-colegial. Às vezes variava botando a saia do uniforme por cima do vestido, fazendo ele de blusa. Mesmo assim tenho saudade. Luísa se riu muito do tamanico do meu enxoval, quando viu papai passar com ele no caixote pra despachar. Surpreendi-me, sinceramente. Achava que levava muita coisa e tinha de achar mesmo. Não me lembro de ter um forro de mesa em nossa casa, no tempo de mamãe. Uma das delícias do segundo casamento de meu pai foi ver a Dina trazendo a cômoda dela, de solteira, abarrotada de guarnições bordadas de trigo, garças, lanternas japonesas em ponto matiz e mais — como desejava aquilo em nossa casa — sacola de pão. Como teria sido o enxoval de mamãe? Lísias achou tão bonito o cobertor de lã quadriculada, quando fiz nossa cama a primeira vez. Mostrei a ele o enxoval, deu valor em tudo, principalmente numa colcha de filé, presente do papai. Emprestei ela pra enfeitar o andor do Senhor dos Passos e me roubaram, gente que comunga, não sai da igreja. Fico julgando as pessoas com minha cabeça. Tenho outra? Tônia é dona da única banca de revista de Cruzalva. Vende de tudo, até revista pornô que vem em saco fechado. Tira de lá o sustento dela e da mãe, vende pra qualquer garotinho e todo domingo comunga, piedosamente. Como o Januário do Armazém, rouba no peso, vende tudo mais caro para os pobres que compram dele de caderneta, e todo ano é festeiro de São Dimas, é membro disto, daquilo, é cursilhista. Só quando não tem outro jeito é que compro no Januário, tenho grande desgosto por sua cara sonsa e sua mão esperta. Beta é como eu pra enfarar. Faz aniversário dos meninos e no fim da festa reparte tudo que sobrou. Diz que não agüenta ver no outro dia pastel murcho, empada fria. Comida de festa é chata. No dia seguinte dá a maior vontade de comer feijão novo, arroz soltinho, verdurinha, as frugalidades deliciosas. Os santos jejuam por virtude, por estética, por bom gosto. Eu não jejuo ainda, gosto de comer muito do pouco, sou meu pai escarrada. Dia de preceito ele ficava indócil, com a *Folhinha do Coração de Jesus* na mão: aqui explica, dizia ele, uma refeição pode ser completa. Tá bom. Então eu como bem agora e deixo pra diminuir na janta. Meu Deus, que coisa patética, papai comendo de tarde a metade do seu prato e oferecendo o sacrifício em louvor da Paixão de Nosso Senhor Jesus Cristo! De uma comida tão pobre! Minha mãe jejuava sem nenhum esforço.

Não devo andar tão mal assim no caminho da perfeição. Fui tomar conta dos meninos da Beta, o porcariinha do Tata achou de se divertir aplaudindo tudo a sua volta: viva a cadeira, viva a mesa, viva a televisão e viva a mão de bolinha. Levei um segundo para perceber que ele vivava as pintas na minha mão. O menino achava engraçado. Eu achei também, por diversos motivos. Um deles é que nem dona Filhinha que já tem bisnetos exibe pintas na mão. Por que eu? É engraçado mesmo, engraçado e sem base.

Dan-Dan passou por aqui pra contar a última da Felícia, parando ele na rua: Daniel, seus filhos comem carne? Você dá carne a seus filhos, Daniel? Não se pode esquecer da saúde dos filhos. Muito fácil mesmo para tio Dan-Dan, assalariado, dar carne todo dia aos onze filhos que tem, facílimo. É porque já conheço a Felícia, ele disse, senão perdia a paciência. Acho Felícia divertida, principalmente porque é muito sincera. Antigamente puxava minhas mangas na igreja: meio curtinhas, não acha não, dona Violeta? Adora me ver na missa em dia de semana: seus filhos são fervorosos? Não tem ninguém querendo ir pro convento? Você está fazendo de sua parte? Estou muito velha, não dou conta de rezar mais a mesma quantidade de antes. Quero dizer à Felícia que há mil modos de rezar, desisto no meio, não vai entender. Poupo-me, sigo os conselhos de Pedro. Convido Felícia pra me visitar, lembrar os velhos tempos, ela e Madalena lavando roupa em nossa casa, tia Juju ajudando a ensaboar: você vai no *ring*, Juju? *Naturalmentche*. Quando poderia eu participar daquelas conversas cheias de *it*, sem ninguém me chamar de enxerida? Gosto muito de trocar idéias, disse Felícia. Exatamente o que ela não faz. Gosta é de doutrinar. Tão parecida comigo esta prima velha de mamãe. Tenho pena de vê-la ir pra casa dormir com Marta, outra velha maniada. Vão rezar ferozmente, cada uma no seu canto, mal suportando-se, intocadas, engrinaldadas de caprichos e ingenuidades: pra mim, levantar o mastro de São João sem o enfeite de laranjinha perde toda a graça. Não fico sem meu biscoito de araruta. Perto dela recupero idéias remansosas, morre só gente velhinha, que não enxerga, não senta na cama, vai direto pro céu.

Um pouco surda, bastante flácida.
Um pouco manca, mas nada plácida.

Quem é capaz de escrever um epitáfio bem-humorado para si mesmo é uma pessoa pouco séria, incapaz de compreender a magnitude da morte? Há tantas questões irrespondidas. O fato é que a idade madura gera imunidades, mordomias, pois algum lucro há de se ter. Os moços começam a falar sem resguardos perto de nós achando que a *velha não capisca niente* e eu gozo em meu espírito. Realmente melhorei, graças a Deus. O mundo não é só desgraça, pelo contrário, tem as anedotas. O homem viciado em remédios passa na farmácia: alguma novidade? E o que não é anedota mas certamente atrai sobre nós a piedade divina, fatos acontecidos, biografia dos homens: *dona Malta, o Gleidsonir ficou sem a nota de educação altística porque não escreveu a pesquisa eu vim explicar que nós não assina a revista e ele engraxa fica difícil toda vida se for mal educado com a Senhora pode cortal a oreia dele. Eu ponho horal pra ele estudar mas não adianta porque ele está atravessando uma frase muito difícil que foi a morte do pai. Muito obrigado as suas ordens*

Maria Evilásia dos Reis.

E o baile da saudade? Homens mortais organizam festas para se lembrarem de quando eram jovens, homens de nem cinqüenta anos! Todos ao som de valsas. Claro, não morreremos nunca. Moral é a nossa conduta diante de nós mesmos e da sociedade. A educação pode ser assistemática, sistemática, intencional. Oh! O homem tem intestinos e segrega pensamentos?! Ritinha do André recontava como viu o cometa: foi de madrugada que vi a estrela-de-rabo. Foi um resplandor na mata igual um dia. O homem não inventa o sublime, a claridade que o circunda. Estou felicíssima. Ismália, sofrendo ou gozando, diz: eu sou tocada pela graça de Deus. Também eu, agora, nesta tarde do dia 16 de setembro, com a narina direita semi-entupida. As bolinhas na minha mão parecem sardas simpáticas. "Não leveis ouro nem prata, nem cobre nos vossos cintos, nem alforje para o caminho, nem duas túnicas, nem sandálias, nem cajado: pois o operário é digno do seu sustento." A confiança plena n'Aquele que me sustém, a real libertação. Eis-me. Amo-vos.

Achei o que procurava, está em Lc 13, o recado de Jesus a Herodes: "Ide dizer a esta raposa..." Um epíteto na boca do Senhor!? Tenho direito à raiva, portanto. Certamente, antes de morrer, ficarei harmoniosa. Pensando bem, se Deus se serve de mim para amar as pessoas, se toca-as com a minha mão, usa-me para acarinhá-las, por que razão não me usaria para fustigá-las? Demoro tanto para aprender o que Ismália nasceu sabendo. Pedro e Paulo discutiram. Paulo passou pito em Pedro. E eu quero ser mais santa que os dois mártires, a ponto de negar em mim o sentimento da ira. Que grande boba eu sou. Tenho raiva, tenho medo, tenho amor.

A Magela está se mudando. Mesmo que não quisesse, saberia, pois ela grita com o moço do caminhão: olha o som, olha o som, cuidado com a caixa de som. Sua preocupação maior é se a estão enganando, passando manta: olha aí, mediu o leite mal medido outra vez, o sem-vergonha. Deixava a vasilha comigo pra eu pegar o leite: deu nata? Nata grossa? É muito mal-educada a Magela e muito exibida também, só faltou tocar trombeta quando comprou geladeira. Isto não a faz pior que eu, que me escondi quando Lísias parou o caminhão e começou a atravessar a linha com os nossos móveis. Fiquei chorando atrás da porta, pensando eu tenho ódio da palavra mobília, achando obscena e caipira a aliancinha de noiva no meu dedo. Papai me procurou, procurou, acabou ajudando Lísias sozinho. Nem a Magela nem eu somos naturais, porque temos caráter, uma de esconder, outra de mostrar. Cada um é de um jeito. Divina tem que escovar os dentes e tomar banho todo santo dia, não sabe como pode ser pecaminoso dormir com os dentes limosos de vez em quando. Zé Binha, o caráter dele é diminuir as pessoas. Quando ganhei o Rafael, foi me visitar e me achou pelejando pra amamentar o menino: eh! disso aí não vai sair leite, não, parece dois limãozinho. Papai branqueou de raiva. Pisquei pra ele. Não valia a pena responder nada, porque Zé Binha era muito bobo.

Tive um pensamento engraçado: se escrevesse um livro, pessoas como Dionélia não entenderiam nada, mas seriam as primeiras a me comunicar: já li seu livro quase todo, só faltam umas dez páginas. E eu falaria apenas do corriqueiro, canecas de chá, conversas, gente caminhando. Se escrevesse: a saia amarela de dona Aurora — lavadeira excelente que mora na minha rua —, muita gente destacaria esta informação cromática do escrito — que Sebastião chama de poema — e perderia o inteiro, o ser caricioso que as palavras velam. Eu fico nervosa com a questão das palavras: "Aloés plantados pelo Senhor" e não
aroeiras plantadas pelo Senhor.
Abraão, nome terrível!
"Terra que mana leite e mel."
Palavra linda: batismo.
O encanto de um pensamento inspirado: minhas pernas estão doces de tanto andar. Fui dar um corte por aí, dizeres que o povo diz e que me deixam insone. Quem achou tais formas de dizer buliu em coisas mais sérias. A música é uma palavra, mas a palavra palavra, o nome articulável, é ainda mais perfeito? A tensão amorosa de Deus passeia

no mundo, somos estúpidos, por isso captamos tão pouco. Quem diz: eu gosto da cor verde alardeia sua incomensurável originalidade, digo sem galhofa. Gostar de certa cor é formidável. Já falei com muita certeza: o contrário da fé é orgulho. Neste momento minha certeza se abala, a cada segundo mudam as figuras no caleidoscópio. No entanto, e aqui fico perplexa, o mistério me torna muda, porque Dionélia, quando borda aqueles ramos de flores nos seus panos de prato, sente exatamente o que eu sinto quando leio estes versos: *Como esses primitivos que carregam por toda a parte o maxilar inferior de seus mortos, assim te levo comigo, tarde de maio...* O que é real me apela à fraternidade. O que não me fizer irmão é intrujice do diabo, que tem por ofício baratear a beleza, enfeitar a língua de Deus, a que está ao alcance de todos, até do bobo Zé Binha, o que viu meus peitos como dois limõezinhos. O movimento mais puro é o de louvor, a língua resgatada dos limites hostis que nossa parte pobre acentua, a língua como a bondade, espontânea, indiscursiva como todo dom, o homem fora de si: "*Laudato sie Misignore, cum tucte le tue criature*", a palavra para nomear o que Deus fez por nós, capaz de cravar no corpo as cinco chagas, o caráter divino, o deslimite.

Cora sonhou comigo um sonho maravilhoso. Uma velha, que ela não via, contava: sabe que Violeta arranjou um amante? Cora me via jovem, atarefada no interior da casa. A velha prosseguiu: e tem mais, não querem saber de filhos. Mas eu dizia à Cora ter arranjado um menino. Felicíssima e grávida, informava: vou encher meu quintal de flores. Cora fez grande esforço para me explicar exatamente o que mais a impressionou no sonho, dois pés de girassol entrançados a partir dos troncos, coroados por denso buquê de flores, cada um olhando numa direção. Girassol não olha para um lado só? ela disse. E ainda: era muito bonito o que eu via. Cora tem sonhos divinatórios. Preciso contar a ela do moço que me abraçou, para que saiba: seu sonho tem pés e cabeça. Ao final ela disse: os girassóis eram como os daquele pintor maluco. Violeta arranjou um amante! Soa tão despudorado. Estou muito feliz, tão feliz que vou usar hoje minha relíquia de prata. A *Sublime canção* foi há cinco mil anos escrita e lá está o Criador falando à criatura: "E agora escuta a mais sagrada das minhas revelações: Amo-te." E nossos teólogos aprisionando o Espírito como criatura sua, fechando o diabinho na garrafa. Amo-te, amo-te, amo-te, assim escrevo no papel de seda estampado de rosas, par de alianças douradas como os girassóis do sonho. É tão real que estremeço. Alguém me ama. Tenho um amante, portanto.

Bibia voltou do dentista: acho que o Marra tá doido, sabe o que ele disse? Que pena você não ter os olhos verdes de sua mãe. Isto é completamente fenomenal, porque é rigorosamente verdadeiro e falso. Tenho e não tenho. A própria Bibia — não se lembra mais — já perguntou intrigada: seu olho é verde, mãe? Um por um meus sonhos se realizam. Pressinto enorme paixão. Tão imensa que preparo o acontecimento com penitências ocultas.

Pedro vem chegando e não fico alegre por isso. Saiu falando só tiau, com uma cara muito feia, ficou três dias na roça. Me esbaldei por aqui, tapeando todo mundo com sanduíches, dormindo depois do almoço. Não suporto Pedro nervoso e embuchado. Não fala o que é, fica assobiando sem propósito, abrindo e fechando gavetas sem me perguntar pelo paradeiro das coisas e pior, pior de tudo, sem me maltratar. Toda vez que Pedro fica assim eu tenho raiva dele e de toda a raça dos Malta. Estragou tudo, agora tenho de ir pra cozinha e queria tanto continuar sentada, rabiscando na pauta estes nomes: alcaçuz, tarol e troar. Sei que vou fazer uma bela música. Que impaciência escutar ele tomar banho. Como será o sentimento de Pedro quando antipatiza comigo? Foi tão bom quando amanheci doente, ele ficou tão compadecido, me acarinhou dos pés à cabeça, com medo de eu morrer, falando que às vezes eu fico insuperável de boa. Mas agora Pedro não quer me tocar. Eu mesma sei que estou muito chata. Ele ficou nervoso porque eu estava enjoada, ou foi o contrário? Ou foi simultâneo? Irmã Agnes já terá superado estas pequenas misérias. Irmã Agnes, que graça! No dia em que fomos lá, Cora, Beta e eu, de repente descobri que o humano, o que diz respeito a nosso comportamento próprio, deve ser muito grato a Deus, deve ser mesmo imprescindível ao tecido misterioso da nossa salvação. Estávamos na capela onde tinha o Santíssimo, isto é, em frente ao sacramento, na presença viva do Senhor, e no entanto eu doida pra sair dali e ficar sozinha com irmã Agnes, para falarmos de quem? De Jesus. Para mim, falar d'Ele com irmã Agnes é tê-l'O mais presente que no Sacrário. Não me sinto herética. Ela própria não deixa Ele ali na capela e não some pro mato, procurando solidão pra ficar ainda mais perto, mais junto d'Ele? Isto levanta dentro de mim outra questão na qual não toco ainda por me sentir fraca. As pessoas são muito desiguais. Tenho que deixar Pedro sentir raiva do jeito dele. Lá com irmã Agnes, medito como respiro, porque ela não me obriga a nada. Na Pia União me afligia a Hora Santa, com seus discriminados atos de fé, esperança, caridade, ato de agradecimento, pois nunca soube meditar; pensava as coisas mais disparatadas, culpada, desejosa naquele tempo de ser uma menina de *recolhimento e vida interior*. Acabava a adoração, aí sim, na rua, em casa, eu pensava em Deus, no céu, porque enfim é só nisto mesmo que eu penso a vida toda, um pensar sem pensamento, uma alegria de existir caminhando para um futuro terrível e maravilhoso, caminhando para a minha linda morte. Hoje sei que posso, naquele tempo quem ia ter coragem de autorizar minha vagabundagem? Saía da igreja e já na porta era tudo diferente, a vida escrachada nada tendo a ver com o Jesus do "Adoremos", "o dulcíssimo Jesus". Irmã Agnes certamente nisto se parece comigo, senão por que deixou o Carmelo e foi pra eremitério para melhor se unir a seu amado? Quando vê Pedro, olha ele nos olhos, não recusa sua mão e fala o nome dele, oh, então sim, de maneira dulcíssima. Fossem casados e Pedro ia morrer cedo, esgotado de felicidade. Queria uma instância em que não sentisse mais raiva nem medos, mas, pra uma pessoa tão velha, ainda tomo expedientes ridículos. Não sei conseguir da Aparecida que pare com a mania de ligar a mangueira todo santo dia, lavando o que está limpo, gastando um horror de água, acho mais fácil fechar o registro, escondido. Se ficam muito tempo no chuveiro eu desligo a força, aperto o telefone quando a conversa tá muito chata, fingindo que tem defeito. A pessoa fica do outro lado chamando, chamando, até que desiste. Há pessoas muito pesadas, gostam de contar tudo com minúcias: aí eu desci do carro com pressa, até quebrei a unha na maçaneta e falei pra ele... Eu descobri um jeito de aturar essas conversas, digo a intervalos: puxa! Essa não! Desse jeito é fogo! Enquanto a língua fala, meu coração vai longe atrás de oxigênio puro. Pedro acha que com a Maronita, a Lelinha e o Zé Binha se pode fazer isto sem remorso, senão a gente estoura e faz coisa pior. A Maronita, o que de mais sadio escutei dela foi: o que você faz mais feio é dançar. Fiquei meio chateada, por outro lado me alegrou saber que a Maronita prestara atenção em alguma coisa. Acabou completamente minha raiva de Pedro.

Ismália me ensinou como se ensina a um menino de entendimento rude: Deus está em você, Violeta, e seu desejo é o desejo d'Ele. Ter compreendido coisa tão alta não me livrará de gritar em horas de aperto: São Geraldo, desentope esta privada pra mim! Determinado tipo de auxílio tenho pudor de pedir diretamente a Deus, o que é uma bobagem. Mas como me livrar do humano? Maria Mendes falava às catequistas: quando revelo Jesus Cristo ao homem, eu revelo o homem a si mesmo, falou sem nenhum acento especial, mas eu peguei pra mim a preciosa pérola. Jesus podia curar os cegos sem mover uma pálpebra, por um ato de Sua vontade, no entanto cospe na poeira e passa o barro no olho sujo do homem, para que o milagre sobrevenha. É humano usar o barro, a mão, o gesto. A excepcionalidade do teatro é esta, sua justificação ontológica, não é? o destaque do humano. Gostaria de me reduzir à mais completa naturalidade, mas é impossível, por causa do humano, o não-natural por natureza. Sinto compulsão física de encher uma página da direita pra esquerda, como dizem que os árabes escrevem. Ultimamente escrevo muito espelhado, surpreendo-me fazendo gestos arcaicos. Estarei próxima do natural possível? Começo quase a entender a empostação teatral, o gesto dentro do gesto para que o homem se veja nu. Mas gosto tanto de atores naturais. Alguma coisa me escapa neste início de compreensão, esforço que não me agrada. Pressiono um desentupidor na pia da cozinha e vêm à tona grãos inchados, arroz com casca, fragmentos compactos de sabão e gordura e, sem avisos, um estado de sentir, ou de ver, não sei, que já me ocorreu olhando fotografias antigas de manequins posando em paisagens de inverno e outras mais coisas insólitas. É mais que felicidade, mais que prazer. É: prestes a explodir. É: todo ser é belo. É: tudo é tão transitório, desafadiguemo-nos. É a unidade de tudo num relance apanhada. É: tem pleno sentido ir até São Paulo atrás de um novo cosmético. É: que pura bobagem banho todos os dias. Está lá a coisa, o ser, o deus, fora de mim, completamente outro, mas em intensa comunhão comigo. Ismália deverá me ajudar nesta dificuldade: a sensação no caso do desentupidor é em tudo igual à da caixinha de grãos. Para mim, o que vejo não é Deus, mas uma entidade personificada, indissociável das três pessoas divinas, como se fora uma quarta pessoa da Trindade. Tudo é um, mas cada uma é si própria. É uma aparição, nem católica nem cristã, é divina e tem olhos misericordiosos que me fitam por segundos de felicidade indizível. Já vi ela num quadro primitivista, uma família reunida na sala. Esplêndida a atmosfera do quadro, nada mais que linhas, traços, cor, mas lá estava ela circundante, com seu halo de rainha, me convidando a vender tudo o que eu tinha pra comprar o tesouro. Irmã Agnes terá certamente coisas maravilhosas para dizer a respeito. Me intriga de novo o humano, a necessidade de pintar, de escrever, de ficar como eu, até contra meu desejo, compondo. Eu seria uma artista? Santa não sou ainda. Já fiz coisas heróicas, mas não morri em seguida e o prosseguimento da vida banalizou meu feito. Há mesmo quem discuta a qualidade daquele gesto meu. Da santidade estou a incomensurável distância, porque para mim seu primeiro sinal é o rosto sereno. Pobre de mim, me altero quando escovam os dentes a portas abertas, quando deixam o sabão nadando na saboneteira e por vezes ainda quero acabar com Pedro, se bem que, quanto a isto, fico na dúvida de ser coisa realmente má, porque Ismália, que considero uma santa, ainda atira coisas no Sérgio. É preciso, diz ela, de vez em quando, ensinar a um homem como respeitar uma mulher. Atira coisas diferente de mim, com orgulho, sobranceria, brutal serenidade. Não toma banho até se fartar da própria raiva, diz ao marido: não toque um dedo em mim. Tenho ou não tenho de ficar perplexa com Ismália? Me conta sua briga e vai direto comungar, dando-se ao luxo de escolher da mão de quem quer receber o Corpo do Senhor. Na fila do Cabecinha ela não entra, do Corino Teles também corre, por que vou comungar da mão dele, explorador de balconistas? Vou com o Antônio Maria, aquele pão pestanudo que não evita meu rosto só porque tem nas mãos as sagradas partículas. Ora, você é a mais boba das criaturas, Violeta. Comungando com o Cabecinha esse tempo todo pra fazer penitência? Que estultice! Comunhão é esponsal alegrias, quero que seja o homem mais bonito da minha igreja o que me venha dar de comer. Onde terá Ismália aprendido tudo o que sabe? Quando padre Conrado nos punha pra meditar, fiscalizando o comprimento de nossas saias, Ismália estudava fora, punha sua cruz de brilhantes no decote e passava as noites nos bailes. Vinha a Cruzalva nas férias, que vestidos mais lindos, sombra nos olhos, um sereno desaforo na cara. Marta Glória, tão despeitada quanto eu, dizia: só porque estudou mais um pouco ela perdeu a fé. Não ia à missa aos domingos, como nós, e ainda por cima dançava. Certamente beijava os moços. Por que reparou em mim e me ofereceu amizade? Não fomos contemporâneas no ginásio? perguntou. Me lembrava dela na escola, e de uma composição que fez, de estrondoso sucesso: *Nossos soldados no front.* Ismália é, na mesma medida, igual e diferente do que eu pensava. Entre Cora, ela e eu, a que está mais perto da santidade é ela, porque não tem medo de Deus.

Há coisas de que preciso me livrar, certamente não devo me preocupar exageradamente, gosto de obter sinais do céu. É um costume ainda bastante imperfeito e, por isso mesmo, perfeitamente humano. Hoje obtive dois e estou querendo mais um. O telefone toca, eu digo é agora, batem na porta, meu coração dispara, o carteiro aponta, me aflijo. No entanto, tudo que será já é. O destino de cada um já é inteiro pra Deus, pedimos porque desconhecemos, um fenômeno tipicamente temporal. Ver é fora do tempo e do espaço, por isso os santos levitam quando contemplam Deus. Nesta situação não pedem nada, só adoram. Mas eu passo temores, meus filhos precisam de emprego, precisam ser tratados com justiça. Me chamaram para ir a Pedralva falar de música a estudantes, não sei o que responder, vou ou não vou. O que aconteceu de manhã me desorientou demais: dona Violeta, é o Feijão, se o sargento Gomes ligar praí, a senhora confirma que precisou do Leo ontem pra ir com a senhora de madrugada na Serrinha pra ver a irmã da senhora que tava muito ruim e por isso que ele chegou atrasado pro desfile. Fui abrindo a boca ele cortou: não, dona Violeta, agüenta a mão que a gente tá aqui dando uma força pro Leo, pra ver se dobra o sargento, senão ele ferra ele e vai ser muito pior. Chama o Leonardo pra mim, falei. Ele nem ligou e foi encerrando: impossível, dona Violeta, ele tá lá dentro contando esta mesma história pro sargento, a senhora confirma, tá? Pedi a Deus me poupasse, impedisse o sargento de telefonar, porque ia entregar o menino. Engomara de véspera sua farda, seu distintivo de cabo, preparei tudo como a mãe dos Gracos e me esqueci do despertador. Com Pedro na roça, acordei tarde, Leonardo encontrou o batalhão marchando já no viaduto. E agora, nem mãe dos Gracos nem dos Macabeus, o menino mentia e ainda me solicitava como testemunha. Chorei como se ele tivesse morrido. Acontecia tudo diferente, meu esforço de educar resultando às avessas, desandado. Sabe quantos dias de suspensão eu ia levar, a faxina que eu ia ter de fazer? Mas não é verdade, meu filho, sua tia não adoeceu, você não teve de viajar comigo. Mas, mãe, o homem não tá interessado em verdade, ele queria só um motivo. Pensa que ele entende um negócio desses? Sargento, não cheguei na hora porque dormi demais. Mas foi o que aconteceu. Pelo amor de Deus, mãe, eu sabia que a senhora ia ficar assim, eu falei com o Feijão. É coisa à-toa, sem importância, olha: eu falava a verdade ele pensava que eu tava gozando a cara dele e me lascava um ferro de uma semana, ia ser jóia. A senhora preferia mentir e me salvar, mãe, ou falar a verdade e me ver sofrendo? Preferia que você dissesse a verdade, fosse punido por uma semana mas com a consciência tranqüila. Gente, minha consciência tá tranqüilíssima, mãe do céu, a única coisa chata é ver a senhora assim. Rafael entrou na conversa: eu fazia a mesma coisa. Tá vendo, mãe? Leo falou. Os dois me olhavam compadecidos, admirados do enormíssimo desgosto que me dava o que para eles era uma questãozinha reles, quase uma molecagem. Mentira não é isso não, Leo falou, sem nada turvo nos olhos. Não queria amolecer, mas começava a pacificar-me: você está mesmo de consciência tranqüila? Leonardo desabotoava a farda, senti muita pena dele. Seria possível? Eu devorava as crias? Que há de errado comigo, meu Deus? Se a senhora ficar alegre de novo, mãe, comigo tá tudo jóia, pôs a mão na minha cabeça e saiu com o irmão. Estou sem coragem de contar a Pedro, me poupando. A verdade é mesmo impossível? Que humilhação enorme descobrir que sou igual à Maronita de quem sempre afirmei estar fora da realidade, sem atingir o centro podre da vida. Então eu também sou assim? Como é possível se outra coisa não tenho desejado senão o real, o sem artifício, o sumo cru e travoso daquilo que é?

Tu és o Filho de Deus?

Sim.

Tu és Rei?

Tu o disseste, eu sou Rei.

Alguém acreditou? "Seja o teu sim, sim e o teu não, não." Eu respondia de pé a uma questão de História. Ao meu demasiado silêncio irmã Sacramento fustigava: por que não responde, dona Vigo Viante? Meu coração batia na garganta, achei de meu dever denunciar: não respondo porque Rosadulce está *soprando* pra mim. A menina quase desfaleceu de susto e mágoa. Não hesitei em sacrificar Rosadulce, que por puro afeto e bondade tentava livrar-me das garras de irmã Sacramento. Fiz o que achei verdadeiro, não descobrira ainda que podia calar-me até a morte. O que é a verdade? perguntou Pilatos. O Senhor não respondeu. Eu errava tão pouco. Me incomoda até hoje ter escrito um tempo de verbo na palma da mão, queria não tê-lo feito pra poder dizer aos meninos: sua mãe na escola nunca jamais colou. Que impulso me levou a denunciar Rosadulce, a entregar meu filho? Amor certamente não foi. Qual é o amor que por suas obras e palavras deixa tão assustados os que ama? Jesus não respondeu a Pilatos. As palavras são lâminas de dois gumes, é falar e sujar-se. Estou muito cansada. É quase impossível de suportar: "Ama e faze depois o que quiseres." Mentir também? Sebastião diz assim aos maus poetas: a este teu livro falta tesão. Vai ler primeiro fulano e sicrano. Os meninos saem aniquilados. Pulveriza a pretensão deles e explica o que fez: este pessoal precisa ouvir umas verdades. Mas a outros, piores, edita e faz elogios: vendem livros como pão quente, enfim sou um editor. Isto Ismália não faria nunca. Será um pecado o que Sebastião faz? Contudo não posso me esquecer de que o demônio é o pai da mentira, o intrigante-mor, o rei dos conchavos, imbatível político. Com argumentos ninguém vence o demônio. Estou muito confusa. Deve ser por isso que não consigo compor para teatro, meus personagens só falam a verdade. Também não posso me esquecer de que Leonardo está de fato em paz. É vergonhoso, só agora começo a compreender a vida. Vou procurar Rosadulce e lhe pedir perdão.

O que eu precisava chegou e chegou no cemitério aonde fui rezar, mais por mim que pelos mortos. Eu pedira um sinal, um anúncio de esperança, luz para a confusão do meu espírito. Julguei estar sozinha e rezava em voz alta: "Vem, ó Pai dos pobres, doador das graças, luz dos corações." A mulher bateu no meu ombro: moça, esta novena é milagrosa? É sim, eu disse. Pode me arranjar? Estou em grandes dificuldades, preciso de uma novena milagrosa assim. Olha, eu falei, só tenho esta, vamos fazer o seguinte:

eu copio e a senhora pega comigo, ou eu deixo na sua casa. Qual é o seu nome? Esperança, ela disse.

Ainda estava deitada, escutei Pedro pedindo à Olga que sentasse: ela vem já já. Olga havia brigado com Melânia, contou a história muito magoada. Não sabe se vai à casa dela, se escreve uma carta, se fala por telefone o que lhe ficou entalado. Acho pura perda, Melânia vai massacrá-la de novo, sem perder a oportunidade de dizer que é por pura burrice de Olga que as coisas desandaram. E não é verdade. Melânia não vai deixar Olga ir ao fundo da questão. Quando o terreno ficar perigoso, vai fazer um chiste, servir um café, no máximo conceder: é, talvez, quem sabe, você teria razão. Nunca vi Melânia plenamente rendida. Sempre tem uma galocha, uma capa de chuva para proteger-se, um canivetinho para fustigar as pessoas. Melânia é muito desrespeitosa.

Ontem foi um dia cheio. De manhã Olga, no almoço Suelma com um bilhete de sua irmã Catarina prometendo suicidar-se. Ainda estava na porta quando dona Çãozita, dizendo que a hora era muito imprópria, me cantou em dois mil cruzeiros para o advogado que está pelejando pra tirar o Jorge dela da cadeia: preciso do dinheiro pra ir em Luz e buscar o que minha filha também vai me arranjar. Mas dona Çãozita, eu disse, fica mais barato sua filha lhe mandar o dinheiro pelo correio. Não fica não. Quando provei que ficava mesmo, ela emendou: que fica, fica, mas é que meu genro tem açougue e, eu indo, vejo minha filha e ainda trago o toucinho, a carne, a senhora compreende. Me parecia meio sôfrega, querendo tirar o filho da cadeia e passear em Luz. Afinal, coitada, se não tivesse uma filha morando fora, onde ia refrescar a cabeça de tanto desgosto? Hoje ainda não levei nada pra ele na cadeia, acredita, dona Violeta? Ontem ele bateu a cabeça na grade com tanta força que fez um galo assim, me xingando que eu era a culpada de tudo. Culpada de quê? eu pergunto. De ter me botado no mundo, ele falou com muita raiva. Tou fazendo jejum pra alcançar a graça. Acabei de almoçar e até as dez horas da noite posso comer de tudo, mas das dez até de manhã não boto nada na boca. Achei o jejum de dona Çãozita muito maroto. Me pareceu meio perturbada, chorou um pouquinho, falou em Nossa Senhora Aparecida, mas eu vi ela bem contrita na Capela da Bênção, levantando as mãos, gritando aleluia, muito obedientezinha às ordens do pastor Isaías. O dia estava maravilhoso. Não combinava em nada com as desgraças das pessoas.

Fiz um enorme esforço pra não me deixar abater pela derrota de Leonardo no concurso da empresa, onde mais de trinta mil candidatos disputaram as trezentas vagas. Estava insuportável presumir o sofrimento do menino, o abatimento de Pedro. Esperei o Leo chegar da rua pra medir o tamanho do desaponto na cara dele, ajudar no que pudesse, e aconteceu um milagre: passando ou não passando, tou dando graças a Deus. Sem eu perguntar nada, ele falou aquilo com a mesma e especial expressão nos olhos do dia em que mentiu para o sargento Gomes. O que estava acontecendo? Para mim um milagre, uma salvação tão grande que beijei o rosto dele agradecida. O que é, mãe? a senhora tá gozada... Viver está ficando difícil demais, ganhar a vida é como ganhar uma guerra, são necessárias batalhas, mortos, mutilados. Mas meu filho estava inteiro, querendo saber onde Bibia tinha socado um pote de tinta, querendo jornal velho pra fazer não sei o quê. O prodígio acontecia na minha casa. Acendi a lâmpada de azeite para usar a água, o óleo, a luz, para mostrar concretamente a Deus a alegria da minha alma. Graças! O que de mais lindo se pode dizer. A noite foi perfeita, uma noite de outubro, ainda muitas estrelas, o crescente límpido, os troncos abotoados de cigarras. Vamos morrer, que bom! Vamos morar no céu, onde há vaga para todos. Amanhã tem um comício oposicionista e eu vou ao palanque falar da minha dolorosa experiência de cidadã brasileira frente à deslavada corrupção, à crueldade de um sistema que impede as pessoas de trabalhar. Vou armada, vou falar muito bonito, porque estou feliz. 'Seja o que for, estou dando graças a Deus', isto é fortificante para o meu coração.

Continuo impressionadíssima com o que Leonardo falou, ele mesmo não percebe agora a importância do que disse. Sou protagonista de um milagre. Este prodígio me emudece: graças! Celinha morrendo, fui chamar papai na oficina. Ele ajoelhou na beira da cama e disse em prantos: louvado seja Deus que quer levar minha filha! Eu passo uma vida inteira errando, errando, pelejando para legar a meus filhos a raiz da minha crença e quando o demônio do desânimo quer abotoar uma coleira de tristeza em meu pescoço, o menino dá graças, pura maravilha! O moço que me abraçou se esqueceu de mim, mas é para sempre verdadeiro que me abraçou e me ama. Graças!

Me dá sua racha é a linguagem da Claudinéia na sala de aula. Cora me contou o episódio muito deprimida. A diretora convocou todo mundo pra discutir o caso e depois de quatro horas de reunião disse coisas como: Arthur meu marido me perguntou se tinha espinho na cama, não dormi de noite preocupada com essa menina. Claudinéia quer sair da escola e se empregar na padaria mas ninguém deixa, nem a diretora nem a supervisora, muito menos a orientadora educacional, que antes da reunião distribuiu, para todos, cartões gentis com a frase: amigo é o que estende a mão na hora do infortúnio. Cora é o próprio anticristo, porque votou pela Claudinéia na padaria, bem longe da classe, onde ela pode a qualquer hora suicidar-se ou matar alguém. Voto vencido, a menina vai continuar pedindo beijo na boca de meninos e meninas, espalhando que viu a pobre da Consolata debaixo de um homem. A Escola Estadual Santos Anjos prosseguirá funcionando como sempre, uma geladeira novinha e sem defeitos.

Ismália é uma carmelita calçada e só neste particular difere de irmã Agnes. Está sofrendo, sofrendo, e foi em Belo Horizonte caçar uma roupa bem moderninha pra praticar esporte, mandou trazer de longe areia branca e musgo pra botar no presépio. Sofre como quem diz assim pra Deus: bate mais, bate mais, não tá doendo. No começo do ano disse pra mim e Cora: vamos sofrer muito este ano. Não acreditei e não me preparei pra sofrer; faço o papel mais feio. Estou em pânico permanente desde que descobri: não gerei filhos, mas seres humanos como todo mundo. Gerar seres humanos é monstruoso porque o ser humano se parece em tudo com você mas não te obedece e tem um pensamento diferente do seu. Só quem pode com ele é Deus, cujo amor por nós é incompreensível e vertiginoso. Sinto enjôo e vômitos, viver não está ensolarado como foi minha vida em grande parte. Está como se eu segurasse os pontos cardeais e dependesse de mim manter o mundo em sua órbita. A pior coisa do mundo é a tristeza. Naomi disse: pobre é muito mais alegre, não é, mãe? Não estou sendo pobre, ataviada de medos como estou. É confiar como Nossa Mãe, disse irmã Agnes. 'Vi seu Filho bêbado na casa de Levi, parece que enlouqueceu, toca prostitutas e diz coisas ininteligíveis.' Que susto a Virgem tomou em seu coração, não acha, Violeta? 'Mas esse é o filho de quem o anjo me disse ser o Filho de Deus?' No entanto confiou, na treva, na escuridão, na total derrota da Cruz. Ouvia irmã Agnes e minhas pernas fraquejavam, achava a solicitação desmedida. O que te espera é um mar de amores, ela me ensinava, faz como Nossa Mãe, diz sim, pára de resistir, entregue-se. Lembrei Naomi dizendo: aqui em casa tá tão ruim. Mas vai desabar tudo, irmã. Vai mesmo, ela disse, esta casa podre em que você mora. Deus te ama, Violeta, Deus te ama com paixão. Passou a mão no meu rosto e me consolou.

Passei umas duas semanas muito bem. Domingo sucumbi de novo, a tristeza me pegou, passei um dia horrível; fiz até uma comida gostosa que Leonardo elogiou, mas só fui dormir muito tarde, depois que Andrezinho chegou. Sei que é uma bobagem enorme esta compulsão para mãe em perpétua vigília, *mãe do trem das onze*, como diz Pedro. Sei que devo confiar em Deus e dormir, mas não controlo o pânico me envolvendo como nuvem preta, o sobressalto em carne viva. Pedro ficou na sala até as três e meia, com certeza pra se livrar da minha suspiração. Repeti a *performance* dos meus piores dias. Dina me contou que Romeu foi despedido, aproveitei e chorei bastante. Vão passar muito aperto, a mulher dele esperando filho. Bibia me disse: fica triste não, mãe. Deus sabe que passei o dia esforçando-me. À noite Cora apareceu e se riu de mim: cair é bom, é Deus quem deixa, boba, pra gente não ficar presumida, senão vamos pensar que a nossa fortaleza provém de nós. Você se leva a sério demais, deixa rolar um pouco, Violeta. Nunca me iludo de que vai ficar tudo maravilhoso de repente, você experimenta o bom, acha que não tem fim. É verdade, experimento o ruim e acho que o mundo desabou. Irmã Agnes parece não ter mais dor. Dor pra ela é lucro, pede a Deus pra sofrer. Tenho desperdiçado minha cota, estragado ela por medo, não reconheço os sinais e trato os mensageiros de Deus como inimigos. Quero a serenidade, estou cansada de mim. O menino da Cora estava muito entusiasmado com as velas coloridas que ardiam no presépio, ficou muito tempo quieto, observando. Enquanto conversávamos a paz ia me voltando, minha aflição virando um pequenino ponto, perto da aflição de Dina: Romeu me contou da dispensa no dia do meu aniversário. Larguei eles lá em casa e fui visitar o Tino meu irmão. Queriam arrumar pratinhos de coisas pra eu levar, eu disse: quero é um prato de jiló com umas gotas de fel. Mas Dina vai logo ficar em paz porque não recalcitra contra o aguilhão; já chamou Romeu para morar com ela, vai levar chá na cama pra nora, olhar o neto, sem perder um só dia de ensaio do Coral das Servas de Sant'Ana, porque "louvar a Deus é nosso dever e salvação", porque é pequena e põe com simplicidade o fardo nos ombros de Deus. Dina é simples. Como serei simples, eu que não sou? Sinto um pouquinho de raiva de irmã Agnes porque descubro ser a tais profundidades que ela quer me arrastar, quando o meu desejo é começar hoje mesmo uma novena para Nossa Senhora do Desterro colocar tudo em ordem. Cora acha que posso, sem trair os caminhos que irmã Agnes quer nos ensinar, porque: nós somos fracas, Violeta, estamos muito longe dela. Seu coração pede para fazer a novena? Então faça. Mas ela vai rir muito de você.

Não deixo Pedro me tocar. Está tudo ruim. O tormento antigo voltou, minha miséria é imensa, tudo resumido, condenado à maldição de excretar pelo lugar horrível. Comendo, dançando, falando, tenho a coisa odiosa. O general teso fala com imponência, penso na coisa dele; o padre na missa, a diretora na escola, o presidente, coitadinho, passando a tropa em revista, a coisa virada para trás, fosse ao menos na frente... Só as crianças não ficam empeçonhadas dela, as crianças e os bichos. Diuturnamente tenho ciência de mim como algo vergonhosamente perfurado. Excretando pelo calcanhar seria diferente? Por que não metabolizo como as plantas? Oh, e tenho de seguir vivendo, indo ao casamento da menina do compadre Vicente que vai ser o casamento mais beato e mais chato desse mundo. Não estou suportando tio Dan-Dan e tia Juju não se terem ainda perdoado. Rezo de manhã à noite, algo está muito errado. Não encontrei irmã Agnes que com certeza se embrenhou no capão. Fui atrás, por poucos metros, voltei logo, com medo de cobras. Quem me dera ser santa como ela, pensar só em Deus, não ter medo de nada. Me surpreendo cansada de minha família, com um pensamento inédito, muito esquisito: não quero gostar deles mais não. Que se arrumem. Quero ser só eu. De repente sou uma equilibrista muito cansada de suster a todos por um cordel. Vou deixar cair. Cora me diz que é isto mesmo que devemos fazer, deixar cair, acha que nós duas temos a mania de controlar tudo. Voltando do Meio-Dia, vimos na estrada dois bichos bem na beirinha. Cora parou o carro, o bichinho menor nem se assustou, só se encolheu um pouquinho, parecendo envergonhado. Era um par de porco-espinho, mãe e filho, o cabelinho dele parecendo o cabelinho de um menino alourado. Arrepiou-se e me mandou três espinhozinhos inocentes. Quis trazê-lo comigo, quis demais, Cora não deixou: levar pra onde? Vai morrer de seus cuidados. Parecia um menino, parecia Andrezinho, parecia Dan-Dan, tão indefeso, fingindo-se de valente, mas só querendo doçuras, carinho, comida na mão. Os ouriços se deixam apanhar assim com tanta facilidade? Seria um sinal para mim? Não tem sinal nenhum, Cora falou, não aconteceu nada, vimos dois ouriços na estrada, só isso, você está mórbida, Violeta, deus me livre. O bichinho não me saiu da cabeça, fiquei lembrando dele com ternura e saudade, uma pontinha de culpa, como se fosse um menino que eu abandonara. Olhei na enciclopédia, lá estava ele, pequetitozinho, arrepiado, com seus espinhozinhos fanfarrões, o mesmo da estrada, me admirei demais. Chamei Andrezinho e lhe falei do ouriço. A senhora viu um bicho desse na estrada? Podia ter trazido. Ontem falou: de tanto a senhora contar, sonhei com o porco-espinho. Confiar em Deus é guardar a serenidade, mesmo e principalmente na desgraça. Sei que tudo se resolverá. Ninguém vai se perder. Bibia me diz que minha fé é fraca, Cora propõe ficarmos mais caladas, 'nós falamos demais, é tão bonito gente silenciosa'. Pedro é silencioso como Lísias, Naomi e Leonardo saíram a ele. Eu sou uma lavadeira histérica. Estou enjoada de mim, enfarada da minha ótica, do meu enquadramento do mundo. Cora tem na casa dela um calvário, Ismália tem os olhos inchados de chorar e me parece que o sofrimento delas é mais fácil. Seria de grande auxílio para mim saber se posso ficar triste sem pecar. Me sinto lucidamente esquizofrênica, a mulher que o mágico serrou, as partes separadas não morrem e clamam incessantemente por unir-se. Meu espírito diz: ó Deus, amo-Vos. Meu fundo espúrio sai à cata de flores para jogar mal-me-quer-bem-me-quer, atrás de significados. Gostaria, se não fosse pecado, de consultar oráculos, jogar os búzios, pendurar-me de amuletos. Cora tem sonhos premonitórios, não se importa com isso, vive falando que seu maior desejo é ser uma pessoa normal. Pois eu queria ser um fenômeno, cantar como Ima Sumac, ter o poder de benzer e de curar, de mandar mensagens secretas com a força do pensamento — o único dos prodígios que consigo. A grande caixa de marimbondos no portal de nossa casa bem me desafia. Não quero, não quero mesmo tirá-los de lá, acredito que se pode viver em paz com qualquer tipo de bicho. Comecei a assobiar e me deram boas pregadas no queixo e na orelha, fizeram uma preta coroa em torno da minha cabeça. Fiquei imóvel, todos rindo, rindo, Beta debochando: tá pensando que é São Francisco entre os passarinhos? É sinal de que você ainda não é santa e está longe de morrer. Será que viram agressão no meu assobio? Não, eu amo os marimbondos, o que viram foi o desafino da minha pessoa, o que em mim é desencaixado. O dia em que eu não me importar mais com minha condição anal e nem tiver mais necessidade deste eufemismo estúpido para designar aquela parte do corpo, aí sim, os zombadores verão o que é atravessar enxame de marimbondos, caminhar sobre brasas e outros milagrezinhos. Porque eu vou ser santa, eu nasci só para ser alegre e ter um rosto sereno, ficar uma velha bonita de dar gosto. A intervalos Deus me dá grandes tréguas, todo mundo nota a diferença. Outro dia mesmo, no meio das amarguras, apareceram no quintal dois gatinhos novos miando de fome. Andrezinho logo batizou os dois, os gatinhos comeram e se enroscaram um no outro. Se a gente der comida ele, ele vira nosso, falou a menina de Pulchra, uns modos de falar tão puros. Pegou o gatinho amarelo: este é mais fraquinho, precisa de mais carinho. A vida é às vezes leve e boa como será, às vezes experimento como serei, um ser inteiro repousado em sua própria unidade, que não se lembra de si, uma serva do Senhor, como irmã Agnes.

Pedro me chamou pra ir com ele à casa de seo Barretinho e foi ótimo. Aproveitei tudo que falou: muda a gente planta na nova, dona Violeta, e semente na minguante. A senhora não carece de fazer o forno de cupim, não, isto é, pode até fazer, mas o meu é de massa comum de cal e areia e esquenta que é assim. Quanto ao balaio, acho bom a senhora encomendar agora, porque o João Balaieiro tá muito decadente. Aí, dona Afonsa emendou: decadente e tratante que toda a vida ele foi. Tem pra mais de ano que encomendei uma cesta e cadê? Esteve aqui faz dois dias eu disse: sô João, fez o cesto pra mim? pois pago o senhor outra vez, arranjo pro senhor polvilho, que o senhor gosta muito, arranjo fumo, ovos, arranjo fubá pro senhor. E ainda aproveitei o marido da senhora por perto e aumentei: o seo Pedro, aqui, também vai dar serviço pro senhor, encomendar esteira, balaio. Pois sim, pois sim, eu faço, pode deixar, pode deixar que amanhã de tarde tou aqui com o cesto da senhora, dona Afonsa. Comadre Rosa, da banda de fora da porta, escutou minha prosa com ele e danou a rir. Comadre Rosa disse que eu devia ter falado é assim: seo Pedro, se o senhor não gostar de balaio e não precisar de esteira nenhuma, pode encomendar pro sô João, aqui, que ele faz num instantinho. Comadre Rosa faz nós rir muito.

Estava tão bom na casa de seo Barretinho, todo mundo lá parece inteiro, como as vacas, os porcos, a linda sucupira, o café que dona Afonsa fez com bolos. Seo Barretinho voltava do quintal com Pedro, me fascinou o retalho da conversa: ...um cepo de cobra... Tem cobra por aqui, seo Barretinho? A bem da verdade, tinha, dona Violeta — ficou meio encabulado, mas eu seduzi ele para que prosseguisse —, o pai acabou com elas, ele benzia, sim senhora. Aparecia com cada bitela pendurada num pauzinho de nada. Punha ela no terreiro com ordem de ficar quieta e vinha na cozinha primeiro, tomar um gole de café. Não matava? Quem benze não mata não. Uma ocasião falou pra uma delas: bota a cabeça naquela manilha ali. Ela enfiou a cabeça, eu fui lá e quebrei ela em duas. O senhor benze também, seo Barretinho? Tenho a fórmula mas não benzo não, acho que minha fé é pouca. Gente procurava o pai pra curar ofendido de cobra, ele sabia se era de cura ou não. Quando era, falava assim: quê isso, quê isso, mordeu nada. Quando o Marcílio do Bento veio buscar o pai pro Atanásio, ele falou: pode procurar outro recurso. Perguntei por que ele falou aquilo pro Marcílio ele respondeu: porque ele vai morrer mesmo. Dito e feito, o Atanásio amanheceu morto. Fez uma urutu me esperar na porta da minha casa, uma que pegou dois bois de carro meus: levanta amanhã com um porrete na mão que ela tá te esperando. Acabei com ela no lugarzinho que ele marcou. O pai do senhor era religioso? Era, uma religião do jeito dele. Não recebia um tostão por conta de benefício nenhum, só uma vez cobrou, do Hilarino. Fico sem entender, mas o pai era muito ladino, muito ativo, decerto foi pra ensinar o Hilarino a largar mão de sovinice. Foi a primeira e última vez que vi o pai cobrar benzeção. Tá bão, Hilarino, ele avisou, tô aqui pra fazer o que me pediu, mas é por mil e quinhentos. De jeito nenhum, o outro falou. Pois só aqui debaixo do assoalho tem dezoito, Hilarino. E começou a assobiar. As cobras foram saindo, fina, grossa, cascuda, pelada, cobra de todo jeito, que o pai foi dando ordem de esperar no terreiro de café, o Hilarino com os olhos pra fora: seo Barreto, pelo amor de Deus, some com essa coisa daqui, que eu lhe pago dois mil pra completar o serviço. Não quero, falou o pai. Quero é mil e quinhentos e arranja logo um lugar no seu terreno pra gente pôr elas, porque no meu pasto eu não quero e não vou fazer a ruindade de pôr elas no pasto do Zizico; é no seu mesmo, Hilarino, e corre que envém vindo mais por aí. Dizem que, no buracão onde o pai pôs as cobras do Hilarino, elas tão lá até hoje empilhadas, umas por cima das outras, aos montes. Em cupim dá cobra, seo Barretinho? Dá, elas gostam de morar nele. Dizem que o Nico-Nico viu uma delas acabando de entrar num, buscou massa de cimento e pedra, tapou bem tapadinho. Tapou e esqueceu. Passados dois anos ele alembrou e foi lá. Quando tirou a pedra, saiu uma coisa da finura duma linha de carretel que atravessou ele e sumiu no ar. Nico-Nico morreu na hora. O gato de dona Afonsa passou o rabo na minha perna, me levantei com um grito. Seo Barretinho disse: não precisa ter medo, não vai aparecer cobra nenhuma mais não. Fiquei só pensando em seo Barreto benzedor. Como é que um homem assim lida com mulheres? Que será que pensava da vida? Devia ser muito sedutor. Eu não tinha coragem de casar com seo Barreto, mas queria morar perto dele, não perderia de vista um homem assim. Por que Deus deu aquele dom a seo Barreto? De noite rezei por ele como para um conhecido. Só tem doze anos que morreu, quando voltar na casa de seo Barretinho vou pedir pra ver um retrato dele. Que mistérios! Que carnaval de mistérios! Que desimportante minha função excretora. Que maravilha seo Barreto na moita, cagando e tendo dentro de si o poder de curar! Vou ficar doida. Não vai não, me disse Alberto, saiba que o demônio surpreendeu São Francisco atrás da moita, rezando enquanto cagava, e achou que ia arregaçar com a santidade dele. Invejoso e ordinário como é, disse-lhe o príncipe das trevas: como ousas, sacrílego, num momento desses louvar o Senhor? São Francisco só desviou os olhos um pouquinho, na direção do maligno e o fulminou: o que sobe entrego a Deus, o que desce é procê.

Quod vadit supra, do Deo
et tibi, quod vadit infra.

Alberto falou em latim, como um docente, pra ficar mais gozado e reduzir a pó minha pretensão de sofrer como um ser humano muito especial. Sou e não sou, esta é a verdade. Irmã Agnes me disse: não senhora, nada de psiquiatra, você não é nem está doente. Ismália acha que preciso é de uma saia rodada e de uns brincos de argola. Nunca achei que tivesse imaginação, pois só lido com o que existe. Jonathan me disse uma vez: sua imaginação amplia tudo aos limites do intolerável. Fico vaidosa por dizerem que tenho imaginação, fico mesmo. Me torna mais leve, mais jovem.

Soturno, que palavra bonita.
Papai dizia *suturno*.
Como um posseiro o homem de poucas letras se apropria
da mágica articulação: soturno.
A confusão de idéias gera pérolas
como a areia na mucosa das ostras:
Jesus era um jesuíta pobre que fazia milagres.
Quem resiste à beleza desta frase?:
"Deixe-me ir pescar convosco."
A literatura é vã, o cultivo das letras,
mas esta tarde é eterna,
a luz rala do sol entre mangueiras.
Pela primeira vez admito, o que estou escrevendo é — como quer Sebastião — um poema. Ainda me envergonho levemente, não tem explicação o que escrevo, não tem motivo, nem serventia à vista, palavras sebastantes, não precisam de música; no entanto, tais como estas, se tirarem de mim me matarão. É imperfeito porque falta um fecho que não consigo acoplar. Gostaria de terminar assim: chovia naquela noite um aguaceiro histórico — porque é muito poética a lembrança de meu pai abrindo sobre minha cama um guarda-chuva preto. Tenho também a idéia de um verso assim: o guarda-chuva preto da palavra soturno. Vou deixar como está, mostro a Sebastião e ele certamente vai me orientar.

Contei a Cora sobre minha nova paixão, riu até as lágrimas. Sou decerto mais fraca que ela e Ismália, duas ajuizadas, harmoniosas, fincadas com decisão sobre seus próprios pés. Disse que não me achava boba nem ridícula, mas com uma saúde que faça-me o favor. Foi bom Cora ter rido bastante, assim tira o perigo de eu levar tudo a sério demais. Suponho que contou a Ismália, sei que as duas se divertiram à minha custa, não tem importância, o bem é difusivo, o que vem do céu é Deus quem manda, a fonte do amor é Deus, da vida nada se leva. Estou dando tanta sorte ultimamente que fui combinando ervas com óleo, com sabonete, com folha-de-cheiro, até que produzi um líquido esverdeado que amaciou minhas mãos, incrível! Não sou mais a *Martinha da mão grossa*, tendo a meu favor que o fenômeno está acontecendo no inverno, estação que põe a pele da gente como o couro dum sapo. Se a minha pele amacia é porque a Fonte de Todo Bem permitiu este milagre, como permitiu em ordem mais alta, é claro, minha nova paixão. Jonathan, Pedro, Amiel — vá lá, Nélio —, Eteloi Leh, Ramon, o moço que me abraçou, e agora João. Minhas taquicardias o doutor explicou que é o vago-simpático, nada tendo a ver com doença do coração, minha preguiça era falta de ferro — no bom sentido, é claro —, Pedro pilheriou demais sobre a minha doença, mas redobrou de carinhos, ele aprecia uma pontinha de fraqueza em mim. De maneira que: apurado um tão bom resultado devo, eu também, redobrar-me em trabalhar no Reino, pois me são concedidos a plena saúde e o amor. Tudo está por fazer e não sei por onde começar, se ataco a escola, os absurdos que padre Benigno falou sobre o comportamento sexual dos casados, se começo a ensaiar uma pecinha que eu fiz. Talvez faça tudo junto. No meu novo equilíbrio erro menos em coisas como costura, massa de suspiro, ponto de doce, estou muito admirada comigo. Deixei minha unha crescer um pouquinho, minha confiança em Deus aumentou e tende a crescer a ponto de eu não pedir mais nada a Ele. Tenho ainda uns anos pela frente onde rezarei 'novenas por intenção', claro, minha humanidade requer um tempo de descompressão, mas será tudo valioso, Deus ficará presente de tal forma dentro de mim que já não serei eu quem viverá. Nunca falei com João, todos os amores tendem a um só amor. Minhas paixões irmã Agnes as tem por Deus, mais propriamente Jesus. Certamente é este o aprendizado: "ninguém pode Me amar se não amar primeiro a seu irmão", estou treinando para suportar as delícias do olhar de Deus sobre mim, quando me sobressalto com os olhares de João, quando não quero mais nada a não ser idealizar ele pegando na minha mão com força. "Tomou-a por mulher e a amou." Os escritores sagrados sabem de tudo. Vejo Pedro me desposando, única por toda a eternidade. Pedro. Quero que se assuste comigo quando chegar. Até as minhas orelhas estão quentes, estou pulsátil, banhada, loura, não tenho uma cárie. Sou capaz de fazer eu mesma um vestido tão lindo que Cora e Ismália vão cair o queixo. Faço, visto, e passo bem devagar pra João me ver e ficar feliz, depois vou na rodoviária esperar o Pedro como ele nunca me viu. Mais uma alegria destas e terei coragem de botar os brinquinhos que Dina me deu. Pedro vai ficar felicíssimo, estou alegre, dócil, absolutamente indispensável para um marido. Rafael acabou de telefonar: ...fala com o pai que... Rafael chama a Pedro de pai, ó meu deus, disto me lembrarei para sempre.

Foi muito boa a festinha na escola de Maria Silésia. Uma das meninas do 'número de dança' me lembrou eu mesma na idade dela, por causa do vestidinho, parecido com o mais bonito que mamãe fez pra mim — na pura sorte, porque mamãe costurava pessimamente. Quando me aprontou o vestido de melindrosa, que ela chamava de 'vestido de cintura baixa', riu até se engasgar, experimentando a peça em mim. Chamou tia Juju pra ver, as duas palhaçavam: é a Lica da sá Cota escrita. Mamãe me mandava: vira, vira, apoiava as mãos nos meus ombros e abaixava a cabeça pra rir. Eu gostava tanto de ver mamãe rindo que ainda achei barato o que paguei por seu divertimento. Aproveitava pra mim tudo que tia Juju encostava. Só tive dois vestidos de costureira, o plissado azul-pavão e o de ramagem com pala de camisola e manga comprida. Na minha primeira comunhão tive plena consciência de estar muito esquisita, já era feio o uniforme de filha de Maria de tia Juju, imagine ele adaptado. Incrível como não ficava infeliz vestida com aquelas marmotas. Pois ainda assim fui a única que frei Cássio destacou na leitura dos nomes: você é filha do Armando Viante? oh, oh, oh, e pegou no meu queixo. Fiquei felicíssima, sobrava muito gosto na minha vida. O vestido da menina da festa é quase igual ao meu, um estampadinho alaranjado, com babado na pala em forma de U. O sol batia em cheio na mesa de passar roupa, mamãe pegando o vestido, dobrando dobradinho: coisa boa é, com este calor, pôr um vestido usado mas ainda sãozinho, que nem este. Minha mãe com vinte e nove anos, uma moça tão bonita passando uns trapos, o sol pondo um halo de ouro na cabeça dela. O que estaria fazendo Alberto? E Beta? E Celinha? Pulchra ainda não tinha nascido, Nelinha muitos anos depois é que veio morar conosco. Às quatro e meia papai chegava e jantava logo, só tomava banho de noite. No retrato do piquenique eu saí com o vestido, logo atrás de mim Celinha, a boca bem aberta. Maria Silésia me perguntou se estava gostando da festa, eu disse pra ela, de todo coração: escola deve ser como a sua, fazendo festa com conjunto regional, danças, sorteio de brindes para os pais. Tristeza não tá com nada no balaio. Achou graça. O Carlito da Sílvia estava doido pra dançar comigo e eu com ele, não tivemos coragem. Dançar é bonito, eu gostaria, um dia ainda vou dançar. Pedro já dançou muito. Comigo, ficamos encabulados, dançamos melhor com outras pessoas, que será? Tenho vontade de dançar com o Pedro como a Alva dança com o Jorge. Em minha casa, Alberto é o mais natural pra dançar. Pulchra é como eu, gosta mas não sabe. Se eu tivesse dançado em menina, mas na escola só chamavam as que podiam fazer roupa. Naomi dança muito lindo, e Bibia toma até aulas. Ismália adivinha tudo, pois não me disse à queima-roupa que ainda me põe dançando? De onde tirou isto? Assunto de dança me envergonha. O Rei Davi dançava. Tenho paixão pelo Rei Davi.

Jonathan apareceu. Me fez tanta raiva que não dormi direito, povoada minha vigília de alucinações. Vi — porque desejei — ele resumido num monte de ossos branquíssimos, revertido ao pó de que é feito. Estamos ficando velhos e ridículos. Uma vez por ano vem até Cruzalva para fazer o quê? Pegar a xícara de café, tocando meus dedos por debaixo do pires. É demais pra mim, uma pessoa cujos avós desceram da Bahia numa grande seca. Exijo uma palavra, uma só, mas esta Jonathan não fala. Dando a volta ao mundo para pôr em ordem as idéias, replanejar a vida... Vou dar a volta completa é nas suas tripas, puxando elas pra fora pelo umbigo, eviscerar você como eu faço com um frango, como Nero fez com a mãe dele. Viu? Não tem mistério nenhum, por dentro é oco, nada tem. Eu amo Jonathan? Vou organizar com Ismália e Cora um futebol feminino na minha rua, pra chutar a cabeça de Jonathan. A Maronita vai ficar na reserva pra buscar a cabeça quando ela cair no valo, no quintal do seo Mário. Irmã Agnes dirá que desse jeito meu misticismo pode defasar-se e eu desandar todo o caminho feito. Não sabe ela que prometi a Santo Antônio uma semana de jejum sem carne, se Jonathan falasse: Violeta, vem cá, Violeta, mas só falou indigências, se isto, se aquilo, porque no Paquistão, porque na França, ora meu deus. O único instante de confissão foi quando eu disse a pique de explodir: estou doida que chegue o fim do mundo. Eu também, falou, vai ser muito bom. Não sei se interpreto suas palavras no sentido em que supliquei a Santo Antônio e começo o meu jejum, ou se posso considerar que foi pouco, muito pouco, pra quem esperava ouvir: não me esqueço de você, sonho constantemente com você. Eu também estou doido que chegue o fim do mundo, vai ser muito bom. Pode ter querido dizer, o meu adorado Jonathan, que vai ser bom o Juízo Final, porque no céu não haverá casamento, mas a única das três virtudes que reinará absoluta será a caridade, cujo apelido é amor. Então, bom, então é claro que ele, muito arianamente, me confessou o seu amor; seu pensamento secreto sobre mim. Mais que nunca desejo a guerra atômica, meu amor por Jonathan é infenso à radiação. O mundo vai pelos ares e me sento na frente dele, trêmula, pra escutar ele dizer com a boca, a língua, os dentes dele: eu te amo. Só depois quero ver a face de Deus. Esta é a coisa mais corajosa que consegui até hoje articular. Deus me perdoe.

Marianinha morreu esta manhã, fiquei sabendo a tempo de chegar para o enterro, a tempo de escutar o Lazinho, seu marido, chorando e clamando: ela tinha o cabelo fininho, coitadinha, fininho e macio feito uma paina. Diante de certos fatos creio não sermos tão maus assim. Se Deus se ri de nós, estamos salvos, irremediavelmente salvos. E mais é na morte que somos engraçados, pois não sabemos chorar o tempo todo, o peito dói, desidratamo-nos, ao menos água bebemos num velório. Ainda que do mais amado dos entes, a certa hora levantamo-nos da cabeceira do morto para ir ao banheiro. A obra do homem pode ser sublime, não ele. Olha o que disse Meméia na madrugada do velório do Barros: todo bordado tem seu valor, mas fazer crivo é mais importante, não acha, Alicinha? Hein?

a outra disse sonada, aceitando café. A Fétina me atrai com seu marido, o casal de árabes cristãos. Comeram, pra fazer sacrifício e pagar promessa, o restinho dos pratos de vinte meninos que mandaram buscar no Sol e Lua, e pior, disse Fétina, não foi isso, arrumei a cozinha toda sozinha, com minha empregada do lado. Ninguém jamais se dedicou ao trabalho de pinçar dos evangelhos o que teria dito o Senhor com ar de riso, troçando amorosamente de nós? A sensação de um leve ridículo nos acompanhará sempre até as portas da morte, sim, porque a morte, ela mesma, não é nunca ridícula, apesar das brincadeiras: morreu como um passarinho. — De bodocada? Papai contava e ria, mas não queria morrer, tinha medo da morte do mesmo jeito que eu. Quando me apareceram os primeiros fios brancos, Pulchra anunciou: eh, o cabelo da Violeta tá branqueando! Papai passou um olho feio em Pulchra e remediou: branco nada, o cabelo dela toda a vida foi meio louro. Esplêndido, *Sir* Armando Vigo Viante! Vou experimentar mentir um pouco, em pequeninas coisas como em assuntos de crivo, cabelinho de paina, cor de cabelo, pregar pequenas peças. Enfim, o que poderá acontecer se isto me distrair, aliviar as pessoas de seus fardos? Não é o teatro uma peça pregada? No fundo temo que escrever não seja coisa de Deus. Até que descubra, anoto fatos como este: dona Salvina tem pouca paciência com seu marido Alberico e um dos motivos é que ele não aperta com força a mão das pessoas, principalmente mulheres, pega na ponta dos dedos, levíssimo e rápido. Dona Salvina diz: olha, Alberico, quando eu lhe apresentar uma amiga minha, pelo amor de deus, vê se aperta a mão com força, pega com vontade, eu morro de vergonha. E tem mais, o travesseiro que Dina comprou na porta e passou dias com um chiado esquisito dentro. Resolveu abrir e achou um bitelo de um sapo no enchimento de paina. O trágico é perigoso, sapos escondidos com suas caras sonsas e honestas põem tudo a perder; uma recomendação de dona Salvina pode fazer o teatro explodir em gargalhadas. Os dois ladrões na cruz amenizam a insuportável visão do Cristo supliciado: a divina comédia.

Desejava escrever um oratório iniciado com as palavras propicia-nos, sobre o qual no futuro se dissesse: vamos rezar o *Propicia-nos* e ainda: não é certa a informação sobre o autor, alguns o dão como vivo durante a grande crise etc. etc. Propicia-nos, Senhor, um sinal de Tua misericórdia, pelo corpo imolado do Cordeiro. Beta não gostou nem um pouco quando percebeu a confusão em que me achava por causa de Jonathan. Solícita, falou de novo em 'sensibilidades destrambelhadas', que devia pôr cobro a tanta incontinência, elogiou Pedro. Tão preocupada estava, não hesitou mesmo em relembrar certas maldades que fiz com Lísias por causa do Ramon. Ismália, irmã Agnes diriam a mesma coisa? Cora disse que já me entregou pra Nossa Senhora Aparecida e me mandou seguir o coração. Meu coração não manda fazer nada errado. Engraçado, meu coração. Estou gostando tanto dele neste momento, está aqui batendo, um músculo do tamanho de minha mão fechada, me aconselhando a rezar, a suplicar com veemência a paz de Deus. O vazio ameaça-me, escuto aquele seu ruído de vento zunindo no vácuo, o que não é possível nem inteligível. O que não é suportável começa a me rondar: tens intestinos e queres um grande amor? Quá, quá, quá, então desejas ser admirada, você que carrega um... Ó Senhor, propicia-me pelo Sangue do Cordeiro, que tem pés, unhas, língua, lugar por onde come e excreta... Ó Deus, salva-me porque pereço. Quero rezar, rezar, rezar sem descanso até desfalecer na inconsciência, até morrer. Que seria de mim sem Jesus Cristo? Que seria de mim se Deus não fosse um homem que se pode tocar, crucificar, beijar, comer? O que seria de mim? Só tenho alívio quando me prostro: "Espírito de Deus, manda-me do céu um raio de Vossa Luz." Devo sofrer para que muitos à minha volta vejam? O que disse sobre Jonathan, o que provavelmente escreverei sobre ele vai se chamar *Exercícios espirituais*. Tenho inveja das monjas mas quero viver no século. Sou ignorante demais para saber o que quero. Se Beta tiver razão vou sofrer duramente; se não tiver, também. Quem sabe Jonathan e os outros todos nunca me deram mais que uma atenção distraída? Beta é tão realista. O desejo mais profundo do meu ser é neste momento um desejo materno. Queria ter coragem para rezar assim: em troca do que Vos suplico, ó Deus, ofereço-Vos o supremo holocausto: nunca mais seja eu amada por ninguém, extirpado seja do meu coração o poder igual de desejar e tornar minha vida um caminho de rosas, que eu viva sem encantamentos, sem ardores, sem brilhos como uma pobre mulher que ninguém vê. Quem sopra no meu ouvido esta oração? Deus ou o Diabo? A senhora é muito orgulhosa, me disse Naomi, por que não aceita que tem problemas? Quero ver irmã Agnes. Então se percebe que tenho problemas só porque estou meio trêmula, indecisa quanto a lavar a cabeça ou pegar as costuras na Zulmira? Que falta de expediente, mãe, disse ela, vai dar umas voltas, vai na casa da Dionélia. É mesmo, talvez Dionélia me cure, ela que só tem olhos para a asma e a caturrice do Zico. Quando ela disser primeiro que sua mãe te vi, te lavei... me dará de novo um pouco de inocência. Vou na casa da Dionélia me distrair um pouco, buscar a paz de Deus.

Pra amanhecer ontem, véspera de terminar minha novena a Nossa Senhora do Desterro, tive este sonho: batiam à porta com certa brutalidade, eu e Pedro fomos atender. Entraram os dois mendigos como se invadissem; o mais moço, roupa clara, faces avermelhadas e um chapéu curto de nordestino, tinha bolsa a tiracolo e arma à vista. Queria dinheiro. Pedro não queria dar e ele se agastava, ameaçador. Perguntei se estava com fome, se queria comida, disse que sim e foi para a sala dos fundos, arengando. O velho se instalou na sala de visitas como um proprietário e ficou lá, enquanto fui pra cozinha arranjar o almoço deles. Pensei em fritar ovos, imediatamente desisti: vão se ofender. Tive medo da fúria deles. Vou fritar bifes mesmo, decidi. E comecei a mexer nas panelas com as sobras do almoço. As borboletas do acendedor não me obedeciam, umas peças do fogão sobravam para fora, desconjuntadas. Eu tinha pressa e aquilo me atrapalhava, abri a geladeira, tudo estava do avesso, gavetas, vasilhas, uma couve derramava-se do prato reentrando nas grades da prateleira. A grande desordem me impedia de resolver o almoço dos dois que eu naquele momento começava a achar serem os responsáveis por tudo. Irmã Suzana veio entrando na cozinha com outras freiras e foi logo dizendo que eles pediram esmola na casa delas também, que estavam ali para me ajudar. Pedro saiu, ia arrumar não sei o quê. Naomi, saindo pra trabalhar; vi a metade esquerda do rosto dela tomada por uma constelação de pustulazinhas. Levantou o cabelo e por baixo dele também as bolinhas purulentas grudadas. Você precisa ir ao médico. Não é nada, mãe, ela me respondeu e saiu. O moço fazia alarde na sala, falava alto, rodeado de crianças e mulheres com seus meninos. Pedro demorava, eu fui ao portão e gritei bem alto o nome do meu sobrinho que estava na sala dos fundos, tinha medo por ele. A rua estava preta de gente, toda a vizinhança discutia e olhava pra mim, o tempo era meio escuro, eu sabia do que falavam. Nem sinal de Pedro. Da parte de cima da rua, mais irmãs com uma procissão de meninas de velas acesas. Me senti muito humilhada por ser o alvo das atenções, daquele modo miserável, mas aceitei com humildade a provação de Deus e me adiantei e entoei para as meninas o *Louvando a Maria*. Na subida da escada cantei o *Bendito*. O velho estava muito inquieto, perdera a pose e rolava no chão. Tinha repugnância mas olhava a cara dele e pensava: este corpo que vejo não existe, é só a máscara que usa para nos atormentar. Levantei os braços e cantei o *Magnificat* de frente para ele que, contra sua vontade, repetia todas as palavras, querendo passar por piedoso. Minha voz não era límpida nem alta, cantava abafado e rouco. Me atraquei com ele e, para prová-lo, fazia-o repetir as palavras sagradas que ele não suportava mais e esgueirando-se fugiu para os fundos onde estava o outro. Tinha plena certeza então de quem se tratava. Os presentes só me olhavam calados sem fazer nada. Tirei da parede um quadro de Nossa Senhora e esperei que retornasse. Veio andando de joelhos, eu lhe disse: repita comigo, eu te amo, eu te louvo, ó Maria Mãe de Deus. Ele ia repetindo mas parava em ó Ma..., não conseguia ir adiante, dizer o nome bendito. Pedro havia chegado. Então eu levantei minha voz e minha mão e ordenei: Pai da Mentira, em nome de Deus Todo-Poderoso, eu te ordeno que saias desta casa e não voltes nunca mais. O demônio velho desaparecera pela porta afora e eu me dirigia à sala dos fundos para exorcizar o moço. Lá estava tudo escuro mas ninguém percebia, dos que o escutavam. Acendi a luz, abri a janela, ele não estava mais lá. Fugira. As palavras 'voltes nunca mais' eu falei absolutamente acordada, plenamente consciente de que provinham do sonho.

O sonho de ontem espevitou em mim a lembrança do que me aconteceu faz dez dias mais ou menos: era uma noite pesada, dessemelhante. Incidindo sobre as pessoas círculos de luz amarela. Holofote ou poderosa lanterna abria na escuridão as clareiras e eu divisava os vultos. Em meio à minha tristeza eu podia dizer: as coisas se fazem, uma solução engendra-se nos subterrâneos turvos e achará seu caminho. Era consolador. As luzes acometiam a intervalos, pequenos delírios, tal um tresvario; contudo não dormia nem estava febril. Que farei para que me acreditem e não me tomem por louca? Eu não via com olhos, como se escutasse, como se sentisse, com a realidade irrecusável dos sonhos. Uma compaixão desmedida tomava conta de mim, carros, negócios, pessoas contando ovos, uma compaixão tão imensa que ameaçava perder-me nos limites do desumano. Eu estava na cruz mas era doce, era Deus quem doía em mim.

Contei a Pedro do sonho e das luzes, ele ficou silencioso. Não falou, como de costume, sonho é sonho, ou você é muito impressionada, não me mandou comer direito ou me distrair. Depois de muito tempo falou assim: é exatamente como me contou? Por que não conta à Ismália, adivinhadeira de sonhos? Não é Ismália, é Cora, eu disse, e não se trata de adivinhação, ela tem é sonhos premonitórios. Estava muito fraca e feliz, tal qual um convalescente, percebendo com certeza plena que alguma coisa mudara. Inaugurava um caminho diverso, parecido com o da época mais feliz da minha vida, uma volta. Minha alegria era grande, porque Pedro me levava a sério, ele também me parecia entretido na compreensão de alguma coisa nova, a comunhão nos casava intensamente. Quem estava diferente? Pedro ou eu? Eu parecia centrar-me. Pedro me acarinhou: nunca mais você terá pânico. Comecei ali mesmo, antes de me levantar, uma outra novena a Nossa Senhora do Desterro, para pedir nada, só para dar graças. De noite, pela primeira vez em longuíssimo tempo, deitei e dormi descansada e tranqüila, como quando eram vivos meu pai e minha mãe.

Tenho sonhado com peixes e três ou quatro vezes com miúdos demônios que exorcizo, pequenas limpezas depois da limpeza grossa, da faxina de fundo que sofreu minha vida. Tenho também escrito muitos textos como o da palavra soturno — que não precisam de música —, breve me nomearei em toda a extensão, sem me envergonhar nem sofrer. Que profunda alegria eu sinto, que desejo profundo de chorar, de ser boa pro Pedro, pros meninos, de ser para Pulchra, Beta e Alberto uma insubstituível irmã. No dia em que as coisas consertaram eu vinha da roça com Pedro, o poente pejado de nuvens cinza-azulado que ocultavam o sol. No meio delas, uma cavidade abria-se em forma de coração de intenso e luminoso amarelo, um coração divino dardejando. Tive certeza naquela hora: o Senhor nos ouve, nem um só gemido nosso Lhe escapa. Começava a ser doce estar na cruz, alguma coisa em mim desatava-se, viciosos nós amoleciam, tocar Pedro era tocar em Deus, o tempo todo dentro de nós e eu sem perceber. Por isso Ismália diz resoluta: o seu desejo é o desejo de Deus. Eu estava crescendo como borboleta dentro da lagarta, compreendia palavras que toda a vida ouvira, repetira e mesmo ensinara, só agora, vendo no céu uma cavidade entre nuvens, em forma de coração de intenso e luminoso amarelo. O Criador dizia à criatura: amo-te. Não tive medo da morte e respondi: eis-me.

'Vós que já em vida vos apiedastes...' Estou eu de novo moendo o pensamento que não tem ponto final. 'Vós que já em vida vos apiedastes' não é bem a reprodução do que quero transmitir. Antes seria 'vós que já em vida vos apiedáveis'. Nem com uma espada em meu peito sou capaz de explicar a diferença. Mas há. E não é sutil, é bastante nítida. Sei e não sei. Não compreendo a língua que uso. Em sânscrito, ou mesmo francês, será possível transmitir essa diferença e ser plenamente entendido? É sem nenhum orgulho que digo: minha obra é importante. No futuro, um homem sensibilíssimo se debruçará sobre meus oratórios e dirá: como foi possível? É inacreditável que uma mulher que não fugiu à cama e à mesa tenha parido estas peças! Eu mesma acho terrível, descômodo e um pouco ridículo, escrevo *A paixão nascente* para me lembrar de Ramon e de que serve esta peça que já nasceu com música? Por que Deus me põe neste aperto de escrever coisas a que torcem o nariz? Queria ser só compositora, mas sem querer faço o texto, canto em línguas, porque sou vingativa. Nunca admiti que as palavras me seduzam, acho cerebral dizer: 'estou trabalhando no meu último livro', ou 'luto com as palavras'. A palavra não é ofício de ninguém, mas Ismália diz e em tudo que Ismália diz eu creio: 'tudo é palavra'. Por fração de segundo compreendo, depois a coisa se esfuma e retorno ao meu corriqueiro perplexo, estupefacta de que tenham razão, Ismália e os pernósticos. Porque eu aceito ou não as coisas segundo seus nomes, que *não são* a coisa. O bolo que vós comestes, o bolo que vós comíeis, o que fazer? A palavra teólogo tem sentido, já a palavra sentido...

O latinista vai me torrar explicando que sentido vem de *sensus* etc. etc. Fácil, porque o nosso *plá* nacional vem do latim. Então eu pergunto: e no latim e no grego — que nasceram sozinhos, suponho —, que sentido tem *théos*? E *logos*? E *sensus*? Tomou? Nenhum. Oi, a humanidade inventou o léxico, que ficou complexo, que me põe perplexa. Palavra, em sentido real, é a coisa. Não é à toa que São João chamou Jesus de Verbo. E ele não estava fazendo literatura de jeito nenhum, não estava 'trabalhando o seu livro'. Ele viu. Como era gente humana, só pôde contar o que viu em palavras e palavras hebraicas. Ou gregas? que chegaram para nós assim: O Verbo se fez *carne*, ou então: Jesus é a *Palavra* de Deus. Dizer que não se pode pensar sem palavras é exatamente só pensar em nomes. Eu, que não sou São João e que nunca vi, penso quase sem palavras porque penso em gênero, não preciso da espécie mentalizada para raciocinar. Todo mundo é assim ou isto é um rascunho da visão dos santos? Irmã Agnes não gasta palavras como nós, não demora muito dispensará os gêneros, os números e os graus. Vê Deus, enquanto nós ficamos conversando com Ele, como se Ele fosse um reizinho dando audiência: Senhor Rei, quero isso, quero aquilo, não vos esqueçais... Irmã Agnes alegra-se de ver o Rei e pronto, sai voando. É mais ou menos, quero dizer, é muito mais que quando Ramon apareceu. Me contentava de olhar ele, olhava, olhava, olhava, se pudesse olhava até o fim dos tempos. Os contemplativos têm é muito lucro de deixar tudo e ir para o eremitério. Estão livres de procurar roupa pra irem em casamento, de pagar prestação, de se cansar com vendedor boçal fazendo discurso sobre manga raglã e alisando meu ombro como se eu fosse idiota, livres para dormir com o bem-amado deles, sem acordar para fazer café, botar o lixo pra fora, avisar no jornal que perdeu a carteira com documento e dinheiro. Ó Senhor, Senhor, posso? Deixa-me. "Vem ó Luz Santíssima encher de claridade o coração fiel." Se eu dissesse assim: vem ó luz pelando lotar de claridade o coração do crente, não seria a mesma coisa, porque *lotar* é feio, *pelando* não tem dignidade para comparecer neste verso. E por que não tem? E por que tenho de querer saber isto? Não é importante? É. E muito. Por que "Luz Santíssima" é tão bonito? Não me digam que é psicológico, senão vou me desesperar. A dignidade da palavra é a dignidade da coisa. Então... é indigno? Não é. Jesus tem... Estou mergulhada demais em meu pecado, por isso não consigo dizer. Luz é maravilhosa palavra. Santíssima, também. Luz santíssima é a força do Espírito de Deus derretendo, queimando, aniquilando em mim toda raiz viciosa, purificando minha língua para eu dizer o que direi um dia e será o maior louvor de que serei capaz. Eu não gosto do nome Jesus em português e em todas as outras línguas em que já o ouvi, menos no hebraico: *Yehoshú-á*, Deus salva. Vi o carismático cantar em línguas. É assim? Então fiz muito disso em criança, criança sem parar ora em línguas, '*in camaroqti in blacte bluie*'. Porque construir uma sentença com sujeito, verbo, predicado é tremendamente cansativo, tem a sintaxe, a semântica, os olheiros da prosódia, os fiscais da ortografia e nem pra Deus se deve dizer: 'não concigo marcar encontro com tigo', com Ele é no tri pla ti tumtum rim piririm bla bla. Todos os bons poemas são assim, a música é apenas isto. O resto são montes e montes de páginas de pessoas esforçadas que 'lutam com a palavra', mas lutam tanto e tanto que os livros saem de muleta e curativo, não se pode lê-los sem tremenda canseira. Nas orelhas trazem a ressalva desconfiada: 'Este livro é produto de um sistemático labor da autora...' Ai, livro é como fruta. Dá no pé, às vezes na barriga da árvore, como jabuticaba. E não dói nada. Eu acho.

Sonhei esta noite que via no céu árvores dispostas como os números de um relógio. No lugar de cada número uma árvore grande tendo a seu pé uma outra, menorzinha. No centro, outra árvore grande. Como se as guardassem, dois soldados vestidos como soldados romanos. Eu insistia falando que sonho bonito, que sonho bonito. Acordei com vontade de não fazer nada, ficar só reproduzindo a mandala de árvores, garimpando o significado dela, aproveitando a boa sensação que produzia. Devia ter ido pra roça com Pedro, lá fico mesmo sozinha. Não fui, não pude curtir o sonho. Luís Poeta chegou cedo cedo, com imensa cerimônia, dizendo que não queria tomar meu tempo, se me lembrava dele e se eu queria que ele me passasse, desinteressadamente, uma história formidável sobre os ciganos de Ribeirão Vermelho. Senta, eu disse. Só um pouco, ele falou. Tinha tomado banho e penteado muito bem os cabelos pretíssimos. Não bebi hoje não, ele disse, por isso estou tão nervoso pra falar com a senhora, mas não quero um tostão se a senhora conseguir a televisão — tou sabendo que a senhora ganhou o terceiro lugar do troféu de música — fazer uma novela da minha história. Eu só quero, se puder, uns dez mil para umas e outras, mas a glória eu quero mesmo é pra nossa cidade de Cruzalva que já tem a senhora e o Pena, do *Clarim*. Procurei a senhora por causa da nossa amizade de criança, como de fato cigano é um povo muito pretensivo, a senhora não acha? Se eu beber um trago eu tenho mais condição de relatar melhor, pois quando deu a enchente a cigana do bando lá ia morrendo afogada, quem salvou ela foi outro bando de... de... ó meu deus, se eu bebesse um traguinho acabava com esse nervoso, um passarinhozinho, dona Violeta, raiado de verde — maritaca, eu disse —, não, maritaca não, ora, é periquito, isso aí, pois é, um bando de periquito que foi avoando por cima do corgo e foi guiando a cigana e ela salvou, salvou a nado. Esta história forma, não forma? A senhora — Luís fazia com a mão gestos em círculo —, esse negócio de cigano? Entende de cigano? Gosta deles também? O lugar que tem mais cigano no mundo é Ribeirão Vermelho, não acha que essa história da cigana dá um filme melhor que *O ébrio* e *Agulha no palheiro*? É mais instrutiva. É duro ouvir isto de um padre: sua história não serve pra filmar. Eu não tenho instrução, mas sei muito bem que um professor não deve fumar no hasteamento da bandeira, é dar muito mau exemplo. Mateus Felipe passou na rua gritando 'se tudo der e convier, oráitel fráitel, tomílis!'. Luís Poeta escutou e: não demora morrer, aquele lá, já tem delírios. Levantou-se, porque o assunto acabara e mais ainda porque dona Tudinha batia na porta querendo saber de mim sobre ovos: é vende-se ou vendem-se?

Precioso o estampadozinho do vestido de dona Tudinha, uma florinha encarnada entre botões. Formidável é ficar na loja reparando o estampado dos panos, tudo que tem no Louvre tem na Loja de Tecidos Fátima. O encarnado da flor mais a ramagem bege-esverdeada, mais o brinquinho de ouro de dona Tudinha... Tomara Deus ninguém mais me chame hoje, que preguiça eu tenho de me levantar daqui, é sensual comer ovos, comer ovos, *comerovos*. Alberto falou que o comércio daqui é tão estimulante e sem-vergonha quanto o de qualquer cidade do mundo. Aparecida hoje pode varrer como quiser, mas é chato ela não aprender a enfiar a vassoura entremeio os tijolos, não tirar os fiapos de carne dos buracos da máquina de moer. A mãe dela falou que ela custa a aprender porque é muito adolescente. A explicação de muita coisa não ajuda em nada, cor, por exemplo, a ciência explicando a cor fica mais que tudo presumida. Água é H_2O? Pois sim. Ciência é ferramentinha, tesourinha de unha investindo contra rochoso mistério. A pele de Pedro, lisinha, será o metabolismo dele? Aparecida fala é 'receber a hóstia', Pedro, quando viajamos, pede café com leite na rodoviária, fico impaciente, café com leite é em casa que se bebe, em viagem deve-se beber café puro. Pior faço eu que peço ovo frito em restaurante. Naomi diz sempre: biscoito quando acaba de fritar é ruim, bom é quando a gente tá pensando em fritar. Por que será que as pessoas gostam de marchar? Eu adoro marchar. Luís Poeta é tão bonito, a tinta da beterraba também. Pobre abre a porta da rua de manhã e só fecha de noite. Eu devo ter cuidados, infelizmente. Nem essa esturraca de sol segura em casa a mãe do Ronifon, pois vai escanchar ele na cintura e pedir esmola assim mesmo, um menino tão vivinho, tadinho, com apelido de Neguinho. Os preparos de uma viagem dão bem a medida de nossa extrema carência, seja viagem no espaço, ou ali mesmo nos Bento: é ração, é escova, é absorvente. Nunca encaminhou d'eu ir em São Domingos do Prata, ô deuso! Mando o menino pegar o frango, ele atrasa, sem saber o que que é cinzento: frango cinzento, mãe? Em desde menina eu sei o que é cinzento, meus meninos são mais ignorantes do que fui, bastantinho mais ignorantes. Ismaelita gritou tão engraçado que ri na cara dela. Pois se ocê não sabe o que é frango cinzento, vai ao mesmos catar uns sabugos pra eu fazer umas brasas e passar as calças do Tonho. A ciência de fazer o bolsinho foi o Dorvil quem me ensinou e nome de Malaquias eu acho muito ajeitado. Papai se enganava quando dizia: Alberto é inclinado num baralho, Deus queira... Eu era inclinada em namoro e ninguém percebia, achavam que eu queria ser freira. Ser inclinado numa coisa, quem será que falou assim a primeira vez no Brasil? Sonho que vejo retratos e as figuras se animam, dá boa sensação. Galinha-d'angola e maquininha a vapor são coitadinhas. Um menino abandonado não chora ininterruptamente, distrai-se a intervalos com a formiguinha na areia, chora, distrai-se, chora, distrai-se, como a humanidade. No mato, sempre fico mais jovem. Repare, todo mundo tem cara de quem tá pedindo: me dá de mamar, mãe. O Senhor disse a Isaías: "Uma mãe pode esquecer o filho que gerou, eu porém jamais esqueço um de vós." Só esta palavra bastava. "Ó Francisco, estás enamorado?", disseram seus companheiros. Que passagem bonita de sua vida de santo. Ó Violeta, estás enamorada? Que lindo! Quer dizer o quê o deficiente mental que opera raiz quadrada? Esparramar o calcário no pomar, Joaquim corrompeu para: *esparrodá a carcáia na pomal*, mas fez o serviço direitinho. André anunciou que não vai à aula hoje, não agüenta duas aulas seguidas com irmã Divina Face, vai esperar ela acabar o assunto das virtudes. Quando o pai comprou nosso primeiro carro, uma tarde ele foi chegando com a gente na casa do vovô Armando, o povo de dona Matilde no portão, muita gente no boteco do Vicente, o carro foi parando devagarinho, tinha umas angolas sonsas na frente, uma deu uma voada pro barranco abaixo, me deu uma vergonha, abaixei a cabeça no carro e me arrependi de estar ali. Só agora, tantos anos depois, Rafael conta o episódio. Rafael puxou a mim em ter estas vergonhas bobas, puxou à Beta e Pulchra, suas tias. Papai gostou de ver a gente de carro. Tempo distante, tempo em que eu, para ser solidária, fazia cara de choro: seria possível, Dina, você deixar a Pulchra dormir lá em casa hoje, pra eu ir no cinema com o Pedro? Como se fosse a um velório, burra que eu era. Nem papai nem Dina ligavam pra cinema, eu podia ir bem alegre, tristeza é tão antipedagógico. Se contar à Cora ela vai dizer: Nossa Senhora Aparecida, assim também não. Toda vida assumi muito bem meus bailes, minhas festas, nunca tive remorso de deixar meus filhos para dar umas voltas, refrescar minhas idéias. Vede como sou, horrorosa e inesquecível. Se soubesse a significação exata, diria *mutatis mutandis*, porque gosto do som e porque estou muito mudada, irreconhecível quase. Bibia não nota muito. Se Vovó Assim fosse viva não perdoaria: quem te viu, quem te vê, é de se pintar o milagre! Deus é imutável, não eu, que cometerei ainda fraquezas extraordinárias, para que não me subleve o orgulho, para que me seja preciso ir cada vez mais fundo na minha súplica: perdoa-me, Senhor. E seu amor me inunde. Bibia fareja em mim o pecado: gosto mais da senhora quando faz música, esta Violeta Viante daqui de casa não gosto muito não. Por que a senhora não é igual a esta daqui? Falava apontando meu nome na pasta onde guardo minhas composições. Mas já fui inocente, já tomei guaraná uma primeira vez. Vênus, o olho humorado de Deus, que gratuita beleza este céu vermelho, aquela noite ainda nova e Vênus. Ambrosina forra com papel higiênico a peneira onde bota os pastéis para escorrer, 'mas tá limpo', avisa. Deu bicho no colchão. Tetê urina na cama, sofre beliscões e insultos mas não pára, a urina escorre até na porta da rua. 'Em Aparecida do Norte você não vai, Tetê, em Lagoa da Prata também não, as mijonas ficam pra pôr o colchão no sol.' Daqui escuto Aparecida informando: dona Violeta está dormindo, o senhor quer deixar recado? Quem dera Cruzalva fosse uma cidade européia onde nevasse, pra eu escrever assim: canto este belo mês, em que meu pai se foi de madrugada. Toda a cidade dormia com suas meias de lã... Mas em Cruzalva as meias da população são baratas, tenho escrúpulos de fazer o verso meio mentiroso, só algumas pessoas têm meias de lã. Mas é bonito, parece Cecília Meireles. Que tarde boa, os doentes devem ter melhorado, certamente sentaram-se na borda de suas camas e pediram um caldo, tão boa é esta tarde. O tempo fecha pra chuva, nuvens acumuladas nos protegem com seu volume e sua cor de cinza. As cigarras cantam aos montes, parecendo mulheres, sempre atarefadas as cigarras, querendo empurrar a tarde para a boca da noite, lugar de se fazer versos tristonhos: envinham da cidade o menino com sua mãe, coitados, a enchente estremecera a pinguela, morreram os dois abraçados... A carroça passou carregando a mudança e perdeu no caminho os feixes de flor de massa, apanhei-as do pó como a um tesouro. Há tantos anos foi e tenho a forma, o cheiro, o gosto delas, massa de farinha e tinta, um leve amargor, os pequenos lírios toscos resguardando um sentido. O ano passado doeu do princípio ao fim. A menina no caixãozinho e a voz no quarto carpindo: 'nunca mais vai falar: titia, titia, a professora fala é passar risco não, é passar traço que fala'. A menininha da roça no caixão, a carreta pegou quando vinha da aula, ó Deus Consolador, mandai-nos Vosso socorro em forma de lembrança, em forma de mão humana sobre a minha cabeça, em forma de choro até formar um rio remansoso sobre pedras e areia, com caniços na margem e flores d'água. Na casinha da beira as pessoas soletram na *Revista Pecuária* como criar tilápias, fazer fossas assépticas, dão ao mundo um perfil, um destino feliz. A menininha morta deslumbrava-se, 'o mais bonito na casa é a campainha, toca quando vem gente'. O Maligno odeia os que possuem a paz. O demônio existe e amontoa em nossa porta exóticos trabalhos, porfia em tisnar a claridade do dia com sua unha, seu bodum de gato. Valei-nos, Consoladora, nunca mais enredar-nos na tristeza sem Deus, na dor que mata — sou um ser amorável —, vede quanta coragem me foi dada pra dizer o que disse. No dentro de mim, confesso, em minhas paredes, quando o olho de Deus me varre, não sei rezar pela paz, gosto das lides bélicas, de homens fardados, de guerra, eu não quero mentir e gosto de me balançar neste carrossel adoidado, sob ameaças constantes: vai explodir, vai rachar. Eu não sou séria, bem sei, acho tudo engraçado, mas certamente não peco, porque estou muito feliz, parece tudo como antes: papai requer 'passe livre' pra irmos no Bom Cavalo. Eta eu boba, mamãe tinha morrido, fiz vestido de luto com cintura de *lastex*, viajei com ele no trem tomando poeira e fagulhas. Aparecida anuncia que já acabou o serviço, que fome eu tenho, que fome, que vida boa esta vida, ai que bordado bonito se pode fazer com ela, que preguiça de sair daqui. Aparecida fala é 'balangando as pernas' e 'esmoendo os ossos', não gosto mas é perfeito. Em festa de pobre a comida é farta e boa, *eta véi fêi*, diz o povo, desemburra, menino, desasna. O que vende o Clarindo na esquina da Pão de Ouro são cobras de pano com cabeleira e chapéu, será que tira algum lucro? Por que não fazem a caridade, o presidente e o ministro, de pagar a conta pra nós, não são ricos os dois? O menino marcou um pé de milho: vou vigiar até crescer. Pare de pedir, Deus já escutou, dê graças! Que ninguém mais me interrompa. Mãe, coitadinha da senhora, Bibia fala. Encontrei o Alvinho, que desenterrou esta poética: se alembra quando o galo docês pulou em cima do vagão e foi-se embora com o trem? Que sonsura, mãe, que sonsura da senhora, Bibia não me dá folga. Os meninos da Alvina voltaram a me pedir coisas. Gente pobre e educada, uma mão segura o pão, a outra tira pedaciquinhos. Qualquer sintaxe prova a existência de Deus. O que a humanidade inventa é por ciência infusa, estou urinando tranqüila, contabilizando o universo: tem

Deus, tem nós, girinos no veio d'água e argila, a gente desmancha o mundo e faz de novo. Tia Juju encalca a areia na lata, os moleques mergulham, rindo de certas coisas que todo mundo reprova. Quando escurecer vai ficar tristonho, papai vai dizer 'oah'. É perigoso os camaleões despencarem na cabeça da gente. Tinha quatro mulheres feias na fila de comprar cosméticos. Para ficar fraterna entrei na fila com elas. Perco o rosto na multidão em São Paulo, é Deus quem me identifica. O homem é possível, estando entre bichos e vegetação, não no aquário de Santos, onde o peixe é triste, o lugar, sujo. Dona Mércia é feia, desagradável de corpo, mas o Venturini padeiro é doidinho por ela, abre conta em sapataria, ele paga rindo e feliz. Madrinha Lilita tinha três peixinhos de ouro, quem me dera um peixinho daqueles. Tonico faz de manhã uma faxina tão grande no nariz, põe todo mundo nervoso. Inesquecível lembrança: terra quentíssima assando a sola dos pés, claridade, sol, sol, sol, claridade. A compreensão é sempre um sentimento, é um amor. 'De uma vezada só' é uma expressão de serviço, Andrezinho estudando diz: este negócio de *menos um* quebra um galho danado. Adiei pecados que pecados não eram, amei um deus que não existe, o de riso de hiena e olhos fixos. 'Põe, põe', ordenavam ao menino atrás da casa, mamãe me gritava, o mundo se recompunha, o mesmo frêmito de agora, inebriante, não era escuso e não é. A Biblioteca das Moças cheirava a papel guardado, a desejos guardados no hábito de frei Fernando. Certamente não era errado urinar com Letícia, escutar Letícia falar imoralíssima: quando crescer quero é casar. Meio-dia com sol quente a mãe dela tentava os homens. Frei Fernando me fustigava com seu cordão de três nós, era pobre, obediente e casto, mas seus olhos fulgiam. Em que reles mulher ia me tornando, a me revirar na cama como se dependesse de mim a salvação da minha casa. Enfim repousaremos, um país se anuncia onde a glória da carne não conhecerá revés. Tio Dan-Dan diz que tem claustrofobia de altura: 'baixa logo esta nave espacial que eu cheguei pioneiro, com um minuto já estou veterano, doido pra descer'. Odeia elevador. O grelo do abacateiro me lembra o apaixonado matando a moça numa procissão do encontro em São João del-Rei. Com palavras tio Dan-Dan não se aperta, é estreitamente confidencial. Quando a menina dele foi casar, chamou ela pra um papo: o homem e a mulher são diferentes, sabe como é, não é? Pois é, você compreende esses bariloches todos? Pois casa com Deus, minha filha. Cada um arranja um embondo pra esperar a morte, uns casam, outros ajuntam dinheiro, outros ficam espiando, os que lucram mais. Não me casei com o Nélio porque ele gosta de clássico em ritmo popular e sugeriu dar minha aliança para o bem do Brasil. A tonteira que esta luz me dá eu tinha em pequena, olhando o forro de esteira da casa de meu avô, o cobertor tecido com relevo de flores de abóbora. Tinha dois ladrões de combinação, dizia ele contando o assalto. — Combinação de mulher? Eu punha vovô nervoso. Os cartões-postais são tranqüilos, mas nas casas as pessoas sofrem. Igreja é o melhor lugar, aqui tanto faz gordo ou magro, o peito de Deus é largo, Sua mão amorosa, não quero sair daqui, lado a lado comemos do pão que dá para todos, seja contigo, irmão, a paz de Cristo, moço lindo, velho achacado, ignorante mocinha, irresistível perfil, paz,

paz, câncer latente, a santidade é possível, temos urgência de santos, eu posso, vou começar agora, o Cordeiro na mesa com alfaces amargas me convoca, que lindo não se dizer almeirão, mas alfaces amargas! A carne do Cordeiro, do que estando para ser entregue, deu graças, pegou o pão, partiu-o e deu-o a seus discípulos dizendo: "Isto é o meu corpo..." *Corpus, corpus,* corpo, que desejo eu tenho de me chamar Encarnação Vigo Viante, que palpitante amor eu sinto por Jesus, que se confunde com Pedro, com o moço que me abraçou, com Jonathan, Amiel, Eteloi Leh, e até Nélio, Nélio transfigurado, dizendo coisas bonitas: Encarnação, é imprescindível o carinho físico para a harmonia do espírito e a digestão das gorduras. Não substantiva, a palavra é mais numinoso mistério, eu sou um então que não é. O espelho onde Deus se mostra é o espelho das lágrimas, o menino franzino desculpando-se: a noite em que eu tou chiando eu passo sentado. Não sou carioca, por isso não uso verão, uso tempo de calor, quando a gente fazíamos piquenique na cachoeira do rio Lambari. Eu era má, eu já fui bem mazinha, quando comprava um queijo era só pra mim. As mulheres na feira têm ancas de surrar marido, que belo manto adiposo, verdadeiras rainhas. João Peruzinho chegou com sua barriga fantástica, quer quiabos o homem, pra comer com angu. O Rei que faça sarcófagos, nós queremos o teatro, para rir dele em praça pública, imitar seu andar, sua preocupação em depois de morto não feder. Um país tão grande, um pedaço pra cada um, revezando por turnos, enquanto um cava o outro dança. Estou em cantos gozosos, disposta a furar a orelha por uns brincos de ouro, estou feliz porque perdi o rumo e só tenho desejos e futuro. Não perco o gosto de escarpas. Sou professora de quê? De meus profundos desejos. Quantos anos eu tenho? Rigorosamente falando você é irmão de seu pai, sua mãe também é sua irmã, uma juventude eterna toma conta de tudo. Tudo quer copular, os biscoitinhos de nata, as limas verdes, Deus é ato-puro-êxtase. Os partidos políticos trabalham pela fusão, o copo, as copas, as cúpulas, tudo quer copular, a ditadura é uma cópula errada. Quando meu bem me abraça, os palavrões pululam, leio os hieróglifos: o torturador e sua vítima obterão igual misericórdia. A multidão dos meus erros me torna clarividente. Clôdina, Fôstina, Morício, o povo fala francês. Sou capioa de Minas Gerais. Roubaram o tacho de cobre, o tacho do meu avô, vai lá, disseram pra mim, debruça no balcão e olha se o tacho está lá. Se a Tota gostou do filme, não precisa ir que é bobagem. Já matei pano demais. Pensando em ser costureira, tomei pra fazer sem cobrar um vestido de tafetá roxo de uma balconista pobre. Errei as mangas, pedi mais pano, errei o corpete, pedi mais pano, ficou tão caro pra ela; quando entreguei a costura ambas nós duas chorávamos. Sem eu pedir, o fotógrafo retocou meu retrato, achei ele sem finuras. Marcelina na escola teve um ataque de nervos só porque eu disse: montei no cavalo olímpico. Pensou que insultava seu pai, Olímpio Dâmaso Almada. Querendo falar da filha de uma mulher falecida, Naomi informou: a filha da ex-Margarida. Dan-Dan escreve cartas separando os assuntos por capítulos que ele numera em romanos. Ah! Públio Virgílio Marão, sua concubina, seu flerte, sua esposa cristã eu queria ser, que desejo de possuir a forma concreta do teu nariz, me espera, me espera onde estás que a vida é breve e longa a arte da conversação nos campos do céu, nas bucólicas pastagens, você de bela túnica, eu de macacão *jeans*, um interminável colóquio. Depois de ressuscitado apareceu em Emaús, na beira do mar e comeu, comeu peixe com eles, peixes na brasa e pão. Minha boca se abrasa, quero peixes também, pão de escuro cereal. Uma genitália só é impotente para tanto desejo, a moça escreveu o conto na revistinha obscura mas vi, vi que ali estava o dedo escrevente de Deus. Contava uma bacanal entre o pai, a mãe e seus filhos, fiquei presa da história, hipnotizada: é pecado ou não é? É pecado ou não é? Seu nome ao contrário é Ana, é este seu primeiro nome. Ana das Dores? dos Cravos? Ana dos membros tomados de convulsão e delícia. Chusma de piabas me belisca as pernas, quero ver irmã Agnes, a caixinha de grãos voltou multiplicada, está me inundando, serenando meu rosto, me distraindo na missa com este pequeno transporte: na luz da lâmpada, à esquerda, tem um halo, um halo imantado, vai me colher e matar de tanta felicidade, primeiro devagarinho, depois mais veloz, veloz, se durar mais não suporto. O SER me olha, crava seus olhos em mim: AMO-TE. Como o círculo, a roda, a mandala, como o mundo é redondo, na Santíssima Luz giro perfeita, canto-Lhe salmos com o tambor e a cítara, adoro, com o triângulo e o prato, o violão e o pandeiro, adoro, tão bonita Dionélia, como Nossa Senhora, todo mundo pertence à família real, o que mais bonito faço é dançar. Mais um pouco e o vento levanta a saia desta senhora pudica.

OBRAS DA AUTORA

POESIA

Bagagem, 1976
O coração disparado, 1978
Terra de Santa Cruz, 1981
O pelicano, 1987
A faca no peito, 1988
Poesia reunida, 1991
Oráculos de maio, 1999

PROSA

Solte os cachorros, 1979
Cacos para um vitral, 1980
Os componentes da banda, 1984
O homem da mão seca, 1994
Manuscritos de Felipa, 1999
Prosa reunida, 1999
Filandras, 2001
Quero minha mãe, 2005
Quando eu era pequena, 2006 (infantil)

ANTOLOGIAS

Mulheres & mulheres, 1978
Palavra de mulher, 1979
Contos mineiros, 1984
Antologia da poesia brasileira, 1994. Publicado pela Embaixada do Brasil em Pequim.

TRADUÇÕES

The Alphabet in the Park. Seleção de poemas com tradução de Ellen Watson. Publicado por Wesleyan University Press.

Bagaje. Tradução de José Francisco Navarro. Publicado pela Universidad Iberoamericana no México.

The Headlong Heart. Tradução de Ellen Watson. Publicado por Livingston University Press.

Poesie. Antologia em italiano, precedida de estudo do tradutor Goffredo Feretto. Publicada pela Fratelli Frilli Editori, Gênova.

Este livro foi composto na tipologia Minion, em corpo 12/16,
e impresso em papel off-white 90g/m²
no Sistema Cameron da Divisão Gráfica da Distribuidora Record

Seja um Leitor Preferencial Record
e receba informações sobre nossos lançamentos.
Escreva para
RP Record
Caixa Postal 23.052
Rio de Janeiro, RJ – CEP 20922-970
dando seu nome e endereço
e tenha acesso a nossas ofertas especiais.

Válido somente no Brasil.

Ou visite a nossa *home page*:
http://www.record.com.br